Col

Série Complète

Érotique tabou collection

Erika Sanders

Colocataires
Série Complète
(Tabou Erotique)

Erika Sanders
Série
Érotique tabou collection 25

Première édition : 2022

Synopsis

Deux filles qui s'ennuient, un peu d'alcool et une découverte mutuelle...

Colocataires (Tabou Erotique) est une histoire appartenant à la collection Taboo Erotic, une série de romans à fort contenu érotique sur des sujets tabous.

(Tous les personnages ont 18 ans ou plus)

Remarque sur l'auteure:

Erika Sanders est une écrivaine de renommée internationale, traduite dans plus de vingt langues, qui signe ses écrits les plus érotiques, loin de sa prose habituelle, avec son nom de jeune fille.

Indice:

COLOCATAIRES
(TABOU ÉROTIQUE)

ROOMIES

"Hé, es-tu aussi occupé que moi ?"

Julia Carraux leva les yeux et sourit à la tête brune ébouriffée pointée dans sa porte. "Si tu me demandes si j'ai un rendez-vous ce soir, alors la réponse est 'Non'. C'est juste moi et mes livres de maths. Et toi ?"

Andrea Martin secoua tristement la tête en entrant dans la chambre et se laissa tomber sur le lit de la colocataire de Julia. Plus grande que les cinq pieds quatre sur près de quatre pouces de Julia, Andrea était mince et avait de longues jambes, la forme parfaite pour un coureur. Ses cheveux châtain clair étaient plus longs que ce à quoi on pourrait s'attendre d'un athlète, tombant en boucles autour de ses épaules, mais c'était comme ça qu'elle les aimait.

De son côté, Andrea étudia la jeune fille assise au bureau, sa chaise inclinée vers l'arrière et ses pieds croisés sur le dessus du bureau. Julia avait les cheveux noirs courts, était mince et aussi mignonne que le bouton proverbial. Certains pourraient considérer son nez trop pointu et un peu trop long. Andréa sourit. Son propre nez était son point sensible. Elle a toujours pensé que c'était assez grand pour pouvoir utiliser un mouchoir comme parapluie.

Les deux s'étaient rencontrés au Bureau des étudiants le premier jour des inscriptions à l'automne. C'est probablement le sentiment d'être des étrangers qui les a rapprochés, un Canadien et un du Sud des États-Unis, tous deux se sentant plutôt déplacés dans l'école loin de chez eux qu'ils fréquentaient tous les deux grâce à une bourse. Peu importe la raison, ils sont devenus amis et confidents. Ils ont eu des doubles rendez-vous ensemble et ont passé du temps ensemble. Ils ont découvert qu'ils étaient d'excellents partenaires de jeu de cartes à la fois à Spades et à Bridge, dont les jeux semblaient fonctionner sans fin à l'Union des étudiants. en fait, ils compléteraient leurs allocations en jouant à Spades pour un sou par point toute l'année.

Les années soixante ou pas ; avec Free Love et les manifestations et tout le reste, il y avait encore une structure sociale assez stricte pour les étudiantes. Les deux filles sont issues de la classe ouvrière. Julia avait la réputation d'être une « cervelle » mais ses capacités de gymnaste lui avaient valu une place dans la deuxième équipe de cheerleading. Andrea était une athlète, mais elle était étudiante en arts du théâtre et le département d'art dramatique avait la réputation mûre d'être un refuge pour certaines des personnes les plus étranges du campus. Ni l'un ni l'autre ne s'étaient précipités dans une sororité, mais les deux comptaient des amis parmi les plus prestigieux. Bref, ils étaient à peu près dans une classe à part, et ils aimaient ça comme ça. Ils pouvaient aller où ils voulaient et faire ce qui leur plaisait une fois sur place sans se soucier de ce que les autres pourraient dire.

Andrea se redressa et regarda son amie. "Oh, tant pis Julia. Pose tes livres et allons-y."

"Aller où?" Demanda Julia, alors même qu'elle fermait ses livres, se leva et s'étira.

"Donc, nous n'avons pas de rendez-vous et nous n'avons pas envie d'une grande fête bruyante. Prenons ma voiture, prenons une bouteille de vin et allons nous garer sur la crête. Nous pouvons écouter les bruits de l'accouplement et des commérages sur tous ceux que nous voyons là-haut."

Julia rit joyeusement. "Tu es allumé."

C'était une belle fin d'après-midi d'été indien, juste ce qu'il fallait pour les tenues presque assorties que portaient les deux filles. Tous deux portaient des t-shirts amples, des shorts et des sandales en cuir. Julia portait un jean coupé et Andrea un short de course

Ils descendirent jusqu'au parking des étudiants et montèrent dans la Dodge quelque peu abîmée d'Andrea. Ils se rendirent en voiture en ville, s'arrêtant dans un magasin sur la place de la ville où ils achetèrent une bouteille fraîche de vin de fraise. De là, ils se dirigèrent vers la crête surplombant le collège. Déjà un certain nombre de voitures étaient garées à divers endroits autour de la grande aire ouverte. Certains ont été entraînés dans de petites cavités dans le feuillage environnant.

"Ces voitures vont se balancer au moment où il fera noir", observa Julia alors qu'Andrea faisait demi-tour et reculait dans un endroit qui leur offrait une bonne vue de la région.

"Et quelques-uns avant," pointa Andrea alors qu'elle indiquait un break bleu qui montrait déjà des signes d'activité à l'intérieur.

Julia rit avec son amie et ouvrit la bouteille de vin. Ils se le passèrent sans se soucier des tasses. Ils ont bavardé et parlé de leurs journées séparées. La soirée s'est installée dans le crépuscule, puis une obscurité éclairée par la lune les a recouverts alors qu'ils regardaient les voitures aller et venir et ont commenté qui ils avaient repéré. Parfois les visiteurs restaient un moment, parfois ils disparaissaient en quelques minutes seulement.

"Voilà Todd Danielstan", a noté Andrea. "Cela n'a pas pris très longtemps."

« J'ai entendu dire qu'il ne l'était pas non plus », répondit Julia.

Un groupe avait allumé un feu dans l'ancien four qui servait souvent de lieu de rassemblement. Des bribes de chansons dérivaient vers les deux filles.

« Tu veux aller là-bas ? demanda Julia.

Andrea était confortablement affalée sur la banquette de la voiture. "Non, je suis bien ici." Elle leva la bouteille de vin, maintenant plus qu'à moitié vide. "Pensez-vous que nous aurions dû en avoir un autre ?" Elle prit une grosse limace et la regarda à nouveau.

"Pas à moins que nous allions retourner au campus à pied, ou faire un tour avec quelqu'un de plus ivre que nous. De plus, je ne veux pas ramper jusqu'à nos chambres."

"En parlant de chambres," Andrea s'assit et regarda son amie. "Julia quitte l'école."

"Quoi? Quand? Pourquoi?" Julia était surprise. La colocataire tranquille d'Andrea était une bonne élève et une personne sympathique.

"La semaine prochaine. Et non," Andrea leva la main. "Elle n'est pas enceinte ou quelque chose comme ça. C'est des problèmes familiaux et je ne peux pas parler de quelque chose qu'elle m'a dit en confidence, même à toi."

"Eh bien, bien sûr que non." Julia laissa la nouvelle s'imprégner puis s'assit avec excitation. "Cela signifie t-il..."

« Tu paries que oui. Tu peux emménager tout de suite. L'université s'en fiche et je sais que Daphné et toi ne vous entendez pas bien. Elle va probablement t'aider à déménager.

"Ouah." Julia avait adoré la chambre d'Andrea dès la première fois qu'elle y était allée. Située dans un ancien dortoir, la chambre d'angle était spacieuse et avait sa propre salle de bain. Au deuxième étage, il donnait sur le campus et était ombragé par un immense chêne.

"Bien?" Andrea haussa un sourcil.

« C'est un marché ! » Julia se pencha et étreignit son amie et future colocataire.

"C'était bon, ne t'arrête pas", a ri Andrea. "Il fait plus frais que ce à quoi je m'attendais." Elle frissonna un peu. "Au moins dans le sud, nous nous attendons à ce qu'il reste chaud pendant quelques heures après la tombée de la nuit."

Hochant la tête en signe d'accord, Julia remua sur son siège. Presque inconsciemment, les deux filles réduisirent la distance entre elles, se tortillant le long du siège en tissu jusqu'à ce que leurs côtés se touchent. Quand leurs jambes nues se touchèrent, Andrea gloussa et jeta sa jambe sur celle de Julia, qui répondit jusqu'à ce qu'elles aient non seulement entrelacé leurs jambes mais soient nichées dans les bras l'une de l'autre.

"C'est mieux," remarqua Andrea.

"Oui, en effet," acquiesça Julia qui renversa la bouteille de vin et prit une profonde gorgée. Fronçant les sourcils, elle continua. "C'est presque vide Andrea. Tu le finis." Elle a tenu la bouteille aux lèvres de son amie et a dit "Le fond est haut!"

À ce moment-là, les deux filles avaient un cas grave de fous rires. Les remarques courtes semblaient être les blagues les plus drôles jamais imaginées. Ils s'agrippaient l'un à l'autre pour éviter de glisser du siège sur le plancher. Puis Andrea ouvrit la tête pour faire une autre remarque apparemment pétillante à Julia et constata que leurs visages n'étaient qu'à quelques centimètres l'un de l'autre.

Le temps sembla s'arrêter lorsque les deux amis se regardèrent dans les yeux. Les mêmes émotions s'y reflétaient ; une confusion soudaine, une incertitude et un sentiment croissant qui semblait les rapprocher encore plus. Les bras se serrèrent et leurs lèvres se touchèrent.

Même trente ans plus tard, personne ne pouvait dire qui avait commencé le baiser. Mais une fois que ça a commencé, une fois que le premier contact de lèvres fraîches à lèvres fraîches a eu lieu, c'est immédiatement devenu passionné. Les deux filles se tendirent l'une contre l'autre, la bouche ouverte et la langue explorant fiévreusement. La main d'Andrea tomba sur le sein de Julia et elle sentit le mamelon déjà dur se raidir sous ses doigts. Julia descendit le dos d'Andrea et ses doigts glissèrent sous la ceinture élastique du short de la plus grande fille et touchèrent le renflement des fesses fermes.

Andrea rampait pratiquement sur Julia quand le claquement soudain d'une porte et un grand beuglement les surprirent. Ils se sont séparés comme s'ils étaient tirés par des fils, pour s'affaisser de soulagement lorsqu'ils ont réalisé que les sons provenaient de la voiture voisine.

"C'est Jo Williams," chuchota Andrea, comme si elle avait peur d'attirer sur eux l'attention de la grande aînée aux os frêles. "Elle doit être à la recherche d'un étudiant de première année."

"Eh bien, dis-lui qu'il n'y en a pas ici," rit Julia, sa voix un peu instable alors qu'elle essayait d'être nonchalante.

Ensemble, ils ont regardé la femme imposante ouvrir une porte de voiture après l' autre, regardant à l'intérieur jusqu'à ce qu'elle en trouve une qui lui convenait et y est montée avec son acolyte Ashlie.

La lumière intérieure de la voiture cible a montré deux jeunes gars, sans aucun doute des étudiants de première année, leurs visages montrant leur dilemme. Ils étaient sur le point de s'envoyer en l'air, mais les deux femmes qui y montaient avaient la réputation de laisser leurs amants semi-volontaires à peine capables de marcher.

Lorsque les portes se furent fermées, Andrea et Julia se regardèrent. Cette fois, leurs regards refusèrent de se croiser. Il y eut un silence gêné qui sembla s'étirer pendant des heures avant qu'Andrea ne le rompe finalement.

"Je suppose que nous devrions retourner sur le campus."

"Je suppose."

Le retour fut silencieux. L'un ou l'autre faisait un bref commentaire, puis la conversation s'arrêtait. Après qu'Andrea eut garé la voiture, ils marchèrent jusqu'à ce que les chemins menant à leurs différents dortoirs les séparent. Il y avait des adieux murmurés et rien de plus.

La semaine suivante, Julia a emménagé dans la chambre d'Andrea comme prévu. La tension entre eux s'est apaisée. Ni l'un ni l'autre n'ont parlé de ce qui s'était passé cette nuit-là dans la voiture. Chacune aurait été surprise d'apprendre que l'autre continuait à tourner ces événements encore et encore dans sa tête, se demandant ce qui aurait pu se passer s'ils n'avaient pas été interrompus. Aucun des deux ne pouvait oublier le contact des mains de l'autre, le goût des lèvres de l'autre. Mais incertains pour la première fois dans leur amitié, ils ont observé un accord tacite de ne pas en parler.

Finalement, ils se détendirent suffisamment pour retomber dans leurs anciennes habitudes. Rencontres, études, activités scolaires les occupaient et retenaient leur attention. Ils se sont complètement confiés sur tout. Tout sauf ce soir-là.

Cela a duré jusqu'à ce que le destin intervienne une autre nuit. Julia était passée à l'atelier de théâtre d'Andrea et avait fini par rester, intriguée par le décor qu'ils construisaient et comment c'était fait. Ni l'un ni l'autre n'avaient de livres, alors quand la tempête inattendue les a surpris en plein air, rien n'a été mouillé sauf eux. Ils étaient trempés jusqu'aux os.

Andrea fit irruption dans leur chambre, avec Julia juste derrière. Tous deux ont commencé à se débarrasser de leurs vêtements mouillés au moment où la porte s'est refermée derrière eux. Chaussures, jeans, chemises et sous-vêtements sont passés à côté. Andrea plongea dans la salle de bain et en ressortit avec une poignée de serviettes. Alors qu'elle essayait d'en enrouler une autour d' elle, elle regarda Julia et vit son amie frissonner. Oubliant sa propre serviette, elle se précipita vers sa colocataire et la drapa dans la serviette la plus grande et la plus moelleuse du groupe et commença à la frotter.

Peu à peu, Julia cessa de frissonner. Les mains d'Andréa ralentirent, mais ne s'arrêtèrent jamais. Julia frissonna à nouveau, mais cette fois pas à cause de l'humidité. Julia resta immobile, les yeux fixés sur le tableau du mur du fond sans vraiment le voir. Son cœur s'arrêta presque lorsque la serviette tomba à ses pieds. Les mains d'Andrea touchaient à peine ses flancs et elle sentait le souffle de l'autre fille sur sa nuque. Pendant un long moment, aucun d'eux ne bougea. Ils savaient tous les deux qu'ils menaient à cela depuis le jour où ils s'étaient rencontrés. La nuit dans la voiture les avait entraînés, aiguisé leur appétit, fait savoir à tous deux que ce moment arrivait. Ils se sont accrochés au bord, savourant l'excitation de la construction le plus longtemps possible.

Puis les doigts d'Andrea se sont envolés autour de la taille de Julia jusqu'à ce que ses mains caressent lentement le ventre ferme et plat. Deux points durs touchèrent le dos de Julia, annonçant l'arrivée des seins de la brune. Puis il sembla que, dans une précipitation soudaine, le corps d'Andrea se moula à Julia. Les mains se levèrent pour prendre en coupe et caresser les petits seins. Une langue courut du bord éloigné de l'épaule de Julia jusqu'à son cou, puis jusqu'à une oreille en attente.

"Oh mon Dieu Julia," haleta Andrea, son souffle chaud dans les porches de l'oreille de Julia. "Je ne peux pas croire à quel point je te veux."

Julia s'appuya contre le corps de sa colocataire. Ses doigts se courbèrent et suivirent les lignes des hanches d'Andrea et descendirent jusqu'aux longues jambes musclées auxquelles elle pensait depuis des semaines. Elle frotta ses fesses sur Andrea, broyant doucement son cul en petits cercles contre l'humidité qu'elle sentait déjà s'infiltrer entre les jambes de sa colocataire.

Elle tourna la tête et la leva, essayant de capturer la bouche d'Andrea avec la sienne. Leurs lèvres se frôlèrent et les doigts d'Andrea commencèrent à taquiner ses mamelons avec de petits pincements et roulés.

Julia gémit en retour, "Je n'arrive pas à croire combien de temps ça nous a pris pour arriver ici !" Elle se tordit dans les bras de l'autre fille jusqu'à ce qu'elle soit face à sa plus grande amie. "Et je ne t'attends plus." Elle a verrouillé ses bras autour du cou d'Andrea et l'a embrassée.

Le baiser était une chose de feu, aussi sauvage et aussi passionné que l'un d'eux. Aucune des deux filles n'était subtile dans son excitation. Les fesses serrées par les mains, les jambes malaxées par les doigts, les seins écrasés ensemble. Julia s'efforça de maintenir son étreinte sur la plus grande fille. Elle s'étira sur ses orteils. Soudain, dans un mouvement sauvage, son corps entraîné de pom-pom girl se souleva et elle enroula ses jambes autour de la taille d'Andrea.

L'athlète aux cheveux bruns était stupéfaite mais a gardé sa prise sur le corps de Julia et a continué à l'embrasser frénétiquement. Elle recula des quelques pas nécessaires pour atteindre le lit le plus proche. Se tordant, elle tomba en avant, épinglant son petit amant sous elle alors qu'ils tombaient sur le lit soigneusement fait, éparpillant les couvertures alors que les deux filles roulaient d'avant en arrière.

Andrea a presque étouffé Julia sous elle dans son excitation. Les mains de Julia maintenaient la bouche d'Andrea verrouillée sur la sienne alors que leurs langues dansaient sauvagement ensemble. Andrea a tiré ses genoux sous elle, même si Julia a refusé de relâcher sa prise sur le torse de sa colocataire. Écartée, Julia cria presque dans la bouche d'Andrea alors que l'autre fille claquait soudainement ses hanches vers l'avant, enfonçant sa chatte brune dans le buisson noir sous elle.

Le baiser se brisa alors que Julia parvenait désespérément à étouffer son cri de joie alors que sa colocataire continuait de s'agiter contre elle, la fille la baisant. Les yeux d'Andrea se fermèrent alors que sa tête se levait, le sourire sur son visage tordu par les efforts pour se frotter contre son amie. Il y avait juste assez d'espace entre leurs corps pour que les seins d'Andrea oscillent contre ceux de Julia. Les mamelons durs grattaient d'avant en arrière. Le cul de Julia a été soulevé dans les airs, son corps a presque roulé sur lui-même alors qu'Andrea utilisait son propre corps pour marteler de plus en plus fort, écrasant leurs deux chattes ensemble jusqu'à ce que chacune sente l'humidité de l'autre couler entre elles.

"Oh putain, putain, putainkkkkkkkkk," cria Andrea.

"Oh putain, en effet, oui, Andrea, baise-moi," cria Julia alors que sa colocataire se frottait de plus en plus fort contre elle. Inexpérimentés qu'ils étaient pour faire l'amour avec une autre femme, ils connaissaient leur propre corps et ce qui leur plaisait. Andrea leva les mains pour se caler sur la tête de lit. Julia profita du mouvement d'Andrea pour lever la tête et fermer la bouche sur le sein de l'autre fille.

Les yeux d'Andrea étaient ouverts et fixaient le mur au-dessus de la tête de lit. Tout le lit tremblait et grinçait alors que ses propres efforts, aidés et encouragés par Julia, la poussaient de plus en plus près du bord. Un bruit d'écrasement est venu à ses oreilles et elle s'est rendu compte qu'il venait des deux chattes humides trempées qui se frottaient l'une contre l'autre. Julia suçait son sein comme si elle essayait d'avaler tout l'orbe.

Julia commencèrent à tambouriner sur le dos d'Andrea alors que la jeune canadienne agile se relevait. Couplé à la pression exercée par les jambes fermes de la pom-pom girl, c'était suffisant pour envoyer Andrea tomber par-dessus bord. Sa tête s'est levée et elle a donné plusieurs coups de poing plus puissants avec ses hanches avant d'inonder sa colocataire de son jus et de s'effondrer. Julia a emboîté le pas, s'effondrant sur le lit et relâchant sa prise sur Andrea.

Les deux filles se tortillèrent jusqu'à ce qu'elles soient installées dans les bras l'une de l'autre. Andrea étant plus grande, il semblait juste que Julia repose sa tête sur l'épaule de son amie. Les bras se glissèrent l'un autour de l'autre et des soupirs satisfaits remplissaient la pièce.

Pendant longtemps, aucune fille n'a bougé, ni parlé. Puis Julia tourna la tête pour regarder Andrea.

"C'était incroyable."

Andrea écarta les cheveux noirs du visage de son amie et sourit. « C'était, n'est-ce pas ?

"Pensez-vous, pensez-vous que cela signifie que nous sommes lesbiennes?" Julia a demandé. Elle avait l'air un peu hésitante mais pas terriblement bouleversée.

"Je ne pense pas," répondit Andrea pensivement. "Je prévois toujours mon rendez-vous avec Robbie demain soir et si les choses se passent bien, je prévois toujours de finir au lit avec lui." Elle embrassa le front de Julia. "Je pense que nous venons d'ajouter quelque chose de nouveau à ce que nous avons déjà."

"C'était un peu mes pensées", a admis Julia. Elle sourit et les yeux d'Andrea s'écarquillèrent lorsque la pom-pom girl glissa sa main entre eux, ses doigts effleurant les boucles humides du coureur. "Cependant, j'ai aussi des plans qui incluront toi et moi et ce lit assez régulièrement. Et qui sait qui d'autre dans ce dortoir nous pourrions ajouter ?"

Andrea sourit, sa propre main descendant le dos de Julia pour toucher les fesses fermes. "Je ne sais pas encore. Mais je suis sûr que nous le saurons."

EN TRAIN DE DORMIR

Andrea Martin se couvrit la bouche en bâillant. Mince, elle était fatiguée. Bien que peu de ceux qui connaissaient l'étudiante brune et sa colocataire Julia Carraux l'auraient cru, elle n'était pas fatiguée d'avoir fait la fête la nuit précédente. Au lieu de cela, elle et Julia étaient restées éveillées tard pour étudier, ce qu'elles faisaient en fait bien plus souvent qu'on ne le croyait. Julia avait un examen de calcul avancé particulièrement difficile aujourd'hui et Andrea avait fait face à un test majeur de sciences politiques. Ils avaient donc frappé les manuels au lieu des maisons de fraternité.

Cet après-midi, ils avaient également affronté leurs autres activités scolaires. Andrea a eu une réunion d'équipe de piste et une courte période d'entraînement. Julia et l'équipe de cheerleading devaient pratiquer une routine récemment apprise. Ils s'étaient mis d'accord après tout ce "nez à la meule" qu'ils méritaient d'aller boire de la bière et de la pizza ce soir, quelles que soient les calories consommées. Ils ont pensé qu'ils le méritaient.

Cependant, une sieste était définitivement la première chose à laquelle Andrea pensait. Elle consulta sa montre. Il était environ quatre heures, ce qui lui laissait quelques heures avant d'avoir besoin de se préparer pour le divertissement prévu pour la nuit. Elle et Julia étaient d'accord là-dessus, alors avant d'entrer dans leur dortoir, elle s'arrêta et enleva ses chaussures avant de tester doucement la poignée de la porte.

Il était déverrouillé, comme ils le laissaient habituellement. Le vol de dortoir n'était pas vraiment un problème en cette année 1967. Le pire qui se produisait habituellement était une descente sur des biscuits cachés à la maison. Tout le monde à cet étage se connaissait assez bien et on pouvait compter sur lui pour fermer les yeux sur le passage clandestin d'un petit ami dans une chambre. Non pas qu'elle s'y attendait, mais le signe discret qu'elle et Julia avaient laissé chacune pour dire à l'autre qu'elles étaient occupées avec un invité n'était pas présent. Donc, tout ce dont Andrea avait à se soucier était de réveiller son amie.

Ou alors elle pensait. Lorsqu'elle se glissa silencieusement par la porte, la refermant soigneusement derrière elle, elle découvrit que Julia était bien au lit, seule, mais pas endormie. En effet, Andrea pouvait dire que sa meilleure amie et parfois amante était bien éveillée, même si ses yeux étaient fermés.

Julia avait enlevé les couvertures et s'était allongée nue sur le lit que les deux filles partageaient souvent. Ses genoux étaient pliés et écartés de chaque côté, la plante de ses pieds relevée et se touchant. Une main était entre ses jambes, prenant en coupe sa motte. À travers les boucles noires et humides, Andrea pouvait voir que l'index de Julia avait disparu à l'intérieur d'elle-même.

La fille sur le lit a pompé sa main, lentement d'abord, puis plus rapidement. Ses hanches se tortillèrent et elle laissa échapper un léger halètement en ajoutant son majeur dans sa chatte. L'autre main se promenait d'avant en arrière sur les petits seins fermes, effleurant d'abord les mamelons durs, puis s'arrêtant pour les effleurer tour à tour.

Andrea fléchit les genoux, posant tranquillement son sac de sport sur le sol. Elle s'appuya contre le cadre de la porte, ses yeux fixés sur son amie. Elle s'était douchée après son entraînement et ne portait rien de plus que son short d'équipe et un petit haut moulant avec le bas coupé, exposant son ventre plat. Ni l'un ni l'autre n'ont prouvé une quelconque barrière aux doigts curieux de la brune.

Recourber les doigts accrochés sous un short abrégé, les tirant vers le haut et donnant à Andrea un accès complet à sa chatte, déjà mouillée d'avoir regardé Julia. Ses mamelons étaient déjà durs contre son haut en coton serré, lui permettant de jouer avec eux alors qu'elle commençait à imiter les actions de son amie. Elle étouffa un grognement alors qu'elle glissait deux doigts dans sa chatte et commençait à les pomper lentement dans et hors d'elle. Elle pressa sa paume contre sa poitrine, la frottant en grands cercles plats.

La pom-pom girl aux cheveux noirs a donné plusieurs coups de poing avec ses hanches alors qu'elle enfonçait profondément ses doigts.

Puis elle a ralenti et les a retirés de sa chatte. Levant la main, elle agita ces doigts sous son nez, inhalant leur odeur. Elle gloussa, puis en glissa lentement une, phalange par phalange, dans sa bouche. Elle le suça, puis ajouta l'autre. Un sourire rêveur traversa son visage comme si le goût d'elle-même était du nectar.

Julia a de nouveau surpris Andrea. Sa main remonta le long de son corps et entre ses jambes. Soudain, elle gifla sa chatte d'un rapide coup de main. Encore, et encore, elle ramena brusquement sa paume contre elle. Un gémissement d'excitation est venu d'elle alors que son autre main serrait son sein et que son pouce et son doigt prenaient le mamelon raide et le pinçaient.

Andrea abandonna sa position légèrement inconfortable et plongea sa main sur le devant de son short, écartant ses jambes pour se donner un accès complet à son propre sexe trempé. Son clitoris était sans capuchon et palpitait avant même le premier contact. Elle ne pouvait pas croire que Julia avait toujours les yeux fermés. Sa colocataire pressa ses pieds l'un contre l'autre et cambra son dos, ouvrant complètement sa chatte aux petites claques rapides qu'elle se livrait à elle-même.

"Oh, mmmm, Dieu oui," gémit Julia. Elle baissa la tête pour lécher son mamelon tout en portant son petit sein ferme à sa bouche. Elle se gifla vivement, presque fort, une, deux, trois fois puis se mit à frotter furieusement sa fente grande ouverte.

La propre main d'Andrea se déplaçait si vite entre ses propres jambes qu'elle imaginait qu'elle pourrait prendre feu si ce n'était du flot de son jus qui coulait déjà d'elle. Elle pressa ses doigts trempés contre son clitoris, le roulant, le tapotant et le caressant, alors même qu'elle regardait sa petite colocataire sexy faire la même chose avec sa perle dure. La jeune athlète s'affaissa contre le cadre de la porte alors que la vue de son amie se masturbant sauvagement faisait ses propres efforts pour atteindre des sommets dont elle n'avait que rêvé.

Julia commença à se débattre sur le lit, roulant d'un côté à l'autre. Ses gémissements devinrent plus forts alors que son corps s'arquait dans les airs. Andrea redoubla d'efforts, espérant atteindre son apogée en même temps que l'autre fille.

Juste à ce moment, les yeux de Julia s'ouvrirent. Pendant un long moment, ils regardèrent son amie sans aucune reconnaissance. Puis ils s'écarquillèrent de surprise.

"Oh MERDE," Julia est devenue rouge. Elle essaya de s'arrêter, ou du moins de ralentir ses mains, mais elle était tellement prise dans la ruée vers la vague qui arrivait qu'elle ne pouvait pas.

"Pour l'amour de Dieu, Julia," haleta Andrea. "Ne t'arrête pas maintenant." La jeune fille brune a poussé son short vers le bas et son haut, s'exposant à son amant nu. "Faites-vous plaisir, Julia. S'il vous plaît. C'est tellement chaud. Faites-vous jouir et je jouirai avec vous."

Tout ce que Julia pouvait faire était de gémir son accord et de faire correspondre le mouvement flou des doigts de son amie avec le sien. Les mamelons ont été pincés, les fentes ouvertes caressées et les clitoris palpitants frottés jusqu'à ce que d'abord Julia puis Andrea crient de bonheur alors qu'elles se mettent à l'orgasme.

Alors que la respiration des deux filles revenait presque à la normale, Andrea s'affaissa dans l'embrasure de la porte et Julia détendit la position dans laquelle elle avait été. Elles évitèrent de se regarder, restant silencieuses jusqu'à ce que finalement Julia rigole.

« Je n'arrive pas à croire que tu sois resté là et que tu m'ai regardé !

"Qu'est-ce que tu veux dire par 'regardé'?" Andréa a répondu "Au cas où vous ne l'auriez pas remarqué, et je suppose que vous pourriez être pardonné si vous ne l'aviez pas fait, j'essayais de vous faire correspondre coup pour coup." Elle rougit. "Je ne voulais vraiment pas, je veux dire, je pensais que tu dormais et je voulais être tranquille, et puis je t'ai VU et je n'ai pas pu m'arrêter." Réalisant qu'elle babillait, Andrea prit une profonde inspiration, puis rit.

"Et pour l'amour du ciel, toi et moi couchons ensemble depuis l'année dernière. Ce que je n'arrive pas à croire, c'est que ça m'embarrasse."

"Oui, eh bien, j'étais gênée aussi," nota Julia. "Mais surtout tu m'as presque donné une crise cardiaque quand j'ai ouvert les yeux et que je t'ai vu debout là."

"T'apprendre à garder ces jolis yeux ouverts." Pensivement, "Je ne me souviens pas que tu ais fermé les yeux quand nous faisions l'amour, au fait."

Julia s'assit, sans essayer de tirer le drap autour d'elle. « Quoi ? Maintenant tu prends des notes ? » Un autre rire suivit. "Peut-être que vous faites un dossier?"

Andrea secoua la tête, remonta son short et son haut vers le bas, puis se dirigea vers le lit : "Ce n'est pas une mauvaise idée. Mais pour l'instant, veuillez vous déplacer. Si nous sortons ce soir, nous avons besoin de cette sieste. prendre. Il y a un gars vraiment mignon de l'équipe masculine d'athlétisme qui veut vous inviter. Puisqu'il est pétrifié à l'idée d'être refusé, vous devez le croiser ce soir à la soirée fraternelle à laquelle nous sommes invités.

Les deux étudiantes se blottirent l'une contre l'autre. Julia tira le drap sur eux deux.

"D'accord, une heure alors," bâilla Andrea.

"Je ne peux pas comprendre comment tu peux toujours te réveiller quand tu te dis."

"Moi non plus."

Alors que les jeunes femmes s'éloignaient, Andrea passa un bras autour de Julia et murmura : « Un jour, nous allons recommencer.

"La prochaine fois, je te regarderai d'abord," dit Julia avant qu'ils ne s'endorment tous les deux.

COMPARAISON DES SPORTIFS AUX NERDS

"Oh, oh, ohhh ouais."

Julia Carraux roula presque des yeux en écoutant les grognements et les gémissements venant du gars au-dessus d'elle. D'après les sons qu'il produisait, un auditeur aurait pensé qu'il avait une bite de la taille d'une star de cinéma et l'enfonçait si profondément dans l'étudiante aux cheveux noirs qu'elle sortait de ses fesses. Eh bien, ce n'était pas le cas. Et si elle se frottait contre lui aussi fort qu'elle le pouvait, c'était dans le but de l'amener quelque part de satisfaisant en elle.

Ce n'était pas qu'il était rétréci ou quelque chose comme ça. C'était simplement que la vedette de l'équipe de football universitaire n'avait pas la moindre idée de comment faire l'amour correctement. En fait, c'était vraiment un sale con.

Peut-être avait-il trop fait la fête avant qu'ils ne se retrouvent dans cette chambre de la maison de la fraternité où se déroulaient les festivités. En tant que pom-pom girl suppléante, poste qu'elle avait recherché plus pour l'exercice qu'il lui offrait que pour toute autre raison, elle était en marge du "Cool Set". Elle s'en fichait, mais cela lui permettait, à elle et à sa colocataire Andrea Martin, d'avoir accès à de très bonnes fêtes.

Celui-ci était rempli de bière, de bonne musique et de dope. Il y avait de la danse et des caresses et de bons grignotages. Ce n'était pas aussi génial que la récente soirée des acteurs du club de théâtre à laquelle Andrea, une étudiante en théâtre, l'avait emmenée il y a quelques semaines, mais c'était plutôt bien.

À un moment donné, dans un léger brouillard induit principalement par l'alcool, Larry, ou peut-être qu'il s'appelait Gary, s'était approché d'elle. Elle savait qu'il ne cherchait probablement qu'à marquer avec une autre pom-pom girl, mais bon sang, ça avait été une semaine lente et la jolie étudiante en mathématiques avait besoin de s'envoyer en l'air aussi mal que l'athlète. Elle ne pensait tout simplement pas que ce serait si mauvais.

Les préliminaires n'avaient duré que le temps qu'il lui avait fallu pour relever sa jupe et baisser sa culotte. Il avait mutilé ses seins à travers son pull pendant environ dix secondes, puis avait baissé sa fermeture éclair et avait tiré sa queue. D'après la façon dont il le tenait, Julia pensa qu'elle devait attacher un ruban bleu autour de lui, mais il ne l'agita fièrement que pendant un moment avant de tomber sur elle et de lui fourrer la tête.

Peut-être que tout le monde l'a fait pour lui, songea Julia. Elle aurait certainement pris le dessus si elle avait su à quel point il était incompétent à ce poste . Elle espérait qu'Andrea avait plus de chance avec Todd, le quart-arrière qui avait escorté son colocataire plus grand et plus mince de la fête et vers une autre chambre.

Elle réussit à ramener son esprit au présent alors qu'Harry (elle était à peu près sûre de s'en être finalement souvenu) poussa une sorte de cri étranglé et tira quelque chose d'humide et collant dans sa chatte. Elle était loin d'être satisfaite, mais ne voulant pas vraiment que cela continue, Julia a simulé un orgasme bruyant. Harry se retira joyeusement d'elle, bavait sur ses cuisses et remonta son pantalon.

"Je t'appellerai," dit-il par-dessus son épaule alors qu'il se dirigeait vers la porte.

« S'il vous plaît, ne proférez pas de menaces, » marmonna Julia en s'habillant. Elle retrouva le chemin de la pièce principale. Apercevant sa meilleure amie, qui était exactement comme elle se sentait, Julia fit un signe de tête vers la porte d'entrée. Andrea hocha la tête et les deux s'éclipsèrent.

"Eh bien, qu'as-tu pensé de Todd?" Julia s'enquit auprès de sa colocataire, une fois qu'ils eurent dégagé la zone immédiate.

"Eh bien..." Andrea prononça le mot bien au-delà de toute exigence de son accent du Sud. "Il m'a rappelé un gars dont j'ai lu une fois dans un livre sur les gars et les filles du Sud. Comme vous le savez probablement, le sudiste blanc ordinaire, en particulier un gars de la campagne, est généralement connu comme un" bon vieux garçon ". Eh bien, ça l'écrivain a défini un "mauvais vieux bon vieux garçon'. Autant que je m'en souvienne, il a dit que ce type "fait sa grande sortie quinze secondes après avoir fait sa grande entrée tout en se vantant de ce qu'il est une femme-plaisir.'. Au diable avec Allons nous nettoyer et allons au Student Center et voyons si nous pouvons trouver un jeu de cartes.

Julia a accepté. "Ce serait plus amusant."

Trente minutes plus tard, les deux filles pénétrèrent dans le grand bâtiment qui servait de repaire officiel à la population étudiante. Comme d'habitude, c'était assez vide. En regardant dans tous les coins et recoins, ils sont tombés sur deux gars qui jouaient aux échecs.

"Bonjour, Andrea," dit timidement un jeune homme à lunettes.

"Salut Dennis," sourit Andrea. « C'est un plaisir de vous voir. » Elle s'arrêta et regarda l'échiquier qui était en équilibre entre l'orateur et l'autre joueur. « Comment se passe le jeu ? Et vous n'avez pas de compétition en vue ? »

« Ça va bien, et oui, » Dennis parut surpris, « Nous avons un gros match dans la capitale après-demain. Je suis surpris que tu le saches.

"Eh bien, j'aime garder une trace des choses. Bonne chance à toi Dennis."

"Merci."

Alors que les deux filles s'éloignaient, Julia attrapa le bras de sa colocataire et chuchota : "Maintenant, IL Y A un gars qui a le béguin pour toi."

"Tu penses?"

"Je le sais." Julia étudia sa colocataire. "Pour quelqu'un d'aussi brillant que vous, c'est incroyable ce qui vous échappe. Prenez..."

"D'accord, d'accord," l'interrompit Andrea. "N'évoquons plus ÇA." Elle avait l'air pensive. « Tu ne fais rien après-demain, n'est-ce pas ?

"Je vais juste dans la capitale avec toi, je suppose. Que portes-tu pour un tournoi d'échecs ?"

Vendredi soir, les filles ont sauté dans la Dodge Dart d'Andrea et ont parcouru une heure de route jusqu'au Civic Center situé dans le centre-ville de la capitale de l'État. Ils trouvèrent une place dans un parking très éclairé et étonnamment bondé et trouvèrent la salle dans laquelle se déroulait la compétition d'échecs. Comme le match n'avait pas encore commencé, Andrea mena Julia à la recherche de Dennis.

Quand ils l'ont trouvé, Dennis était nez à nez avec un type grand et costaud qui devait l'avoir deux contre un. Le joueur d'échecs le plus gros, bien que plutôt gras, se moquait de Dennis.

"Tu devrais vraiment retourner à l'école et apprendre à jouer aux échecs, petit gars. Je vais te fouetter comme toujours."

Andrea était déchirée entre éclater de rire à la vue de quelqu'un qui ressemblait à des équipes rivales à la dernière minute avant le coup d'envoi du Rose Bowl et marcher et botter la gueule dans les fesses. Au lieu de cela, elle n'a fait ni l'un ni l'autre.

« Denis ! » Elle appela bruyamment et se précipita sur le sol, ignorant simplement tous ceux qui se tenaient là. Elle jeta ses bras autour de lui. "Je suis tellement désolé d'être en retard chérie. La voiture a fait des siennes."

Tout le monde, en particulier l'équipe d'échecs rivale, était bouche bée. Enfin , on a demandé "Qui êtes-vous?"

"Qu'est-ce que tu veux dire, qui suis-je?" Andréa répondit avec indignation. "Je suis la petite amie de Dennis."

Si possible, les bouches béantes descendirent encore plus loin. Comme si elles étaient reliées par des fils invisibles, chaque paire d'yeux parcourait le corps d'Andrea. Elle portait un t-shirt sans manches, un short de sport moulant et des chaussures de tennis, qui servaient tous à accentuer ses longues jambes attrayantes. Et comme la chemise était trop large et tombait au centre quand elle s'est penchée et a embrassé le plus petit Dennis, il est devenu évident qu'un soutien-gorge ne faisait pas partie de son programme vestimentaire.

Finalement , la grande gueule qui s'en prenait à Dennis reprit un peu de sang-froid et s'avança. Il jeta son bras autour de l'épaule d'Andrea et ricana "Eh bien, tu devrais te mettre avec un vrai homme alors, au lieu de... OWWWW!"

D'un mouvement rapide, Andrea avait saisi la main offensante et s'était écartée de son bras. Elle attrapa deux doigts et les plia en arrière. Le faiseur de bruit s'était promptement mis à genoux en gémissant sa douleur.

« Ne me touche plus JAMAIS, ni aucune autre fille qui ne t'invite pas. Et ce sera probablement très peu. Tu comprends ?

"Oui," vint la réponse gémissante.

Andrea a relâché la pression mais n'a pas relâché la prise. "Tu as de la chance, tu sais." Elle hocha la tête vers Dennis. "Il m'a appris toutes sortes de mouvements comme celui-ci. Si je n'avais pas répondu, il t'aurait fait mal. BEAUCOUP." Elle laissa tomber le bras et recula. Le gars se leva lentement et recula.

Dennis, son ami et Julia se sont tous réunis autour d'Andrea. Denis s'éclaircit la gorge. "Andrea, je ne t'ai jamais enseigné une telle chose. Je ne connais même pas les mouvements martiaux."

"Je sais, mais il pensera que tu le fais et se comportera à partir de maintenant."

"Où as-tu appris ça Andrea et peux-tu m'apprendre ?" Julia a fait un petit tour de hanche et a cogné l'ami de Dennis. "Ce gars pourrait sortir de la ligne."

Ouvrant la bouche pour un démenti indigné, l'autre jeune homme eut soudain un petit rire. « Je m'appelle George, et bien que je ne sois pas du genre à sortir des sentiers battus, pour vous, cela en vaudrait la peine. »

Julia sourit. "Eh bien, George, on ne sait jamais. Jouez ce soir alors. J'aime un gagnant." Elle regarda Andrea. "Tu disais?"

"Eh bien, tu sais que mon père est dans l'Air Force." Au hochement de tête de Julia, elle continua. "Ce que je ne t'ai pas dit, c'est qu'il est un Commando de l'Air."

Les filles se sont installées dans la section peu peuplée réservée aux non-joueurs et ont regardé. Ni l'un ni l'autre n'était un joueur d'échecs, mais ils étaient tous les deux intelligents et leur expérience commune en tant que joueurs de bridge leur avait appris la valeur de la stratégie. Ils ont rapidement compris certains des gambits les plus évidents et ont constaté qu'ils avaient plutôt apprécié l'ensemble du spectacle.

Dennis a joué avec une concentration féroce. Mais quand le jeu le permettait, il regardait dans les gradins d'Andrea. Andrea remarqua que George profitait de chaque occasion pour jeter un coup d'œil dans leur direction également. Elle ne pensait pas qu'il la regardait. Un coup d'œil de côté montra plus d'une fois Julia faisant signe à George.

Le match final était entre Dennis et son ennemi juré. Il n'était plus un ennemi juré de Dennis, qui a disposé de son adversaire dans les deux premiers de la série des meilleurs sur trois. Après la remise de la coupe du prix, Andrea, suivie de près par Julia, s'est précipitée pour embrasser son petit ami temporaire et le féliciter sincèrement.

"Merci, Andrea," sourit Dennis, aussi heureux qu'elle ne l'ait jamais vu. "J'ai toujours su que je pouvais battre ce type, mais je l'ai toujours laissé m'intimider. Cette fois, chaque fois que j'avais l'impression qu'il l'était, je vous regardais et vous faisiez un clin d'œil ou souriiez et je serais au sommet du monde. Je Je n'aurais pas pu perdre avec toi pour me soutenir comme ça.

Andrea serra à nouveau Dennis dans ses bras. "C'est bien pour toi. Tu gardes juste ce souvenir et tu l'utilises quand tu en as besoin. Tu es vraiment un gars sympa Dennis. Sortez un peu de cette coquille et je pense que vous constaterez que plus de filles seront attirées par vous."

"Merci pour ça aussi." Il poussa un soupir. "Mais aussi merveilleux que cela ait été, je sais que la nuit où tu étais ma petite amie est terminée."

"Eh bien, Dennis, je ne cherche pas du tout de petit ami, pas pour le moment en tout cas. Je veux être libre d'aller où je veux et avec qui je veux, du moins dans un avenir prévisible." Ses yeux pétillaient et elle murmura à son oreille. "Mais la nuit n'est pas encore finie, et jusqu'à ce qu'elle soit, je suis toujours ta petite amie. Alors fais ce que n'importe quel gagnant au sang rouge ferait", elle lui fit un clin d'œil alors qu'il lui lançait un regard incrédule, "Et emmène ta petite amie au lit."

Sur ce, elle l'embrassa, puis glissa sa main dans la sienne et le conduisit hors de la pièce et vers l'ascenseur. Dennis, plus excité qu'il ne l'avait jamais été de sa vie, protesta faiblement.

"Mais Andrea, George, mon colocataire sera là. Et toi, et si on parvenait au campus à dire que tu avais passé la nuit avec l'un des plus gros nerds de l'école ? La dernière fois que j'ai entendu dire que tu dormais, euh, je veux dire avec, Todd Danielstan , le quarterback."

Andrea a tiré Dennis dans un ascenseur ouvert. "A quel étage s'il vous plait ?" Lorsque Dennis réussit à bégayer sa réponse, Andrea appuya sur le bon bouton, puis fit joyeusement signe de la main au groupe qui les avait suivis depuis la salle du tournoi.

Pendant le trajet et la marche dans le couloir jusqu'à la chambre, Andrea a expliqué.

"D'abord, George ne sera pas là ce soir. Ma colocataire Julia l'a emmené dans notre chambre d'hôtel. J'espère qu'il pourra marcher demain matin", a-t-elle annoncé. "Deuxièmement, je me fiche de ce que les autres disent, chuchotent ou crient à mon sujet. Troisièmement, je ne devrais rien dire à propos de quelqu'un d'autre avec qui j'ai couché, mais permettez-moi de dire que la réputation de Todd est plus grande que sa dotation ou ses capacités sexuelles multipliées les unes par les autres."

Elle ouvrit la porte qu'il avait déverrouillée. Prenant ses deux mains dans les siennes, elle recula dans la pièce. Elle la ferma derrière eux et la fixa avec la chaîne. Elle se dirigea vers le lit le plus proche. Se tournant pour faire face à Dennis, elle enleva ses sandales.

Dennis se lécha les lèvres, fixant la fille athlétique devant lui. "Encore une chose, Andrea," murmura-t-il d'une voix rauque. Chuchoter était tout ce qu'il pouvait faire, sa gorge était si sèche. "Je n'ai jamais, eh bien, vraiment été avec une fille auparavant. Tu sais, comme ça."

"Oh BON", a répondu sa petite amie d'un soir. "Alors vous n'aurez pas pris les mauvaises habitudes ou le sentiment que d'une manière ou d'une autre vous êtes un cadeau de Dieu aux femmes." Elle tordit son doigt. "Viens ici, mon grand." Elle coula jusqu'à Dennis et leurs bras s'entourèrent alors qu'elle l'embrassait, cette fois avec ses lèvres entrouvertes et sa langue poussant dans sa bouche.

Dennis embrassait plutôt bien, a découvert Andrea. Ses mains avaient tendance à être plutôt agrippantes et trop rugueuses mais ce n'était pas trop surprenant et ce n'était certainement pas pire que son dernier mec. Elle recula légèrement et attrapa son t-shirt par l'ourlet et le passa par-dessus sa tête.

Les yeux de Dennis se fixèrent sur les seins d'Andrea, rebondissant légèrement devant lui. Puis son regard s'est baissé davantage alors qu'elle enlevait son short et sa culotte le long des jambes de son coureur, les a repoussés et s'est tenue nue devant lui.

"Dennis," taquina-t-elle, "Tu ne vas pas te déshabiller?"

Dennis retira presque machinalement ses vêtements, ses yeux toujours fixés sur la fille mince devant lui. Sa bite jaillit à l'instant où il baissa son pantalon. Andrea a noté avec satisfaction que c'était une longueur très respectable, environ 7 pouces et une épaisseur raisonnable. Pas TROP épais cependant, ce qui était bien. Elle s'attendait à ce qu'il jouisse probablement assez rapidement une fois qu'il l'aurait réellement pénétrée et qu'elle aurait besoin de le sucer à nouveau fort. Pas qu'elle s'en soucie, bien sûr.

Pourtant, ce serait bien de prendre leur temps à ce point. Elle s'assit sur le lit et tapota le matelas à côté d'elle. "Asseyez-vous Dennis, juste à côté de moi." Une fois qu'il l'a fait, "Donnez-moi votre main", a-t-elle ordonné. Le prenant , elle le plaça sur sa poitrine. "Sentez mon sein Dennis. Tenez-le. Il ne va pas s'enfuir. Tenez-le doucement, c'est sensible. Vous pouvez le presser, mais ne le malmenez pas. Parfois, il arrive un moment où les choses s'emballent et la rugosité peut être de la passion. , mais faire l'amour ne commence pas comme ça."

Les yeux de Dennis brillaient d'excitation alors qu'il suivait les instructions d'Andrea.

"Maintenant, utilisez votre pouce sur mon mamelon. Placez la boule sur la pointe et appuyez légèrement. Mmmm, c'est tout. Maintenant, roulez-la autour et autour. Ça n'a pas besoin d'être beaucoup, juste un petit cercle. Pouvez-vous sentir ça devient plus dur sous ton toucher ?"

Dennis hocha la tête de haut en bas. "Oui," haleta-t-il. Il regarda Andréa. « Andrea, puis-je l'embrasser ?

En réponse, Andrea embrassa à nouveau Dennis. Quand elle rompit le baiser, elle se pencha en arrière, s'appuyant sur ses mains. Dennis a déplacé sa main vers son autre sein et a répété les actions qu'il avait apprises. Sa langue darda sur le mamelon raide qu'il venait de toucher. Essayant de ne pas perdre le contrôle, il utilisa sa langue comme il avait utilisé son pouce, faisant rouler le mamelon encore et encore.

Andrea gémit de plaisir. Se tenant toujours debout d'une main, elle lui caressa la tête de l'autre, passant ses doigts dans ses cheveux. "C'est si bon Dennis. Prends-le dans ta bouche maintenant. Tu peux être un peu plus exigeant, un peu plus dur maintenant."

Dennis avala le sein d'Andrea, le suçant. Elle se redressa, prenant son autre main et la déplaçant le long de son ventre et entre ses jambes.

"Touche-moi là," murmura-t-elle. « Doucement encore. Laissez vos doigts explorer. Elle agrippa son poignet. "Pas trop vite, n'enfonce pas tes doigts en moi, pas encore." Elle bougea, écartant davantage ses jambes. "Utilisez le bout de vos doigts pour me séparer. Ce sont mes lèvres, les lèvres de ma chatte. Tracez la fente entre elles. Sentez comment cela guide vos doigts vers mon entrée. Mais nous, les filles, apprécions également la stimulation. Caressez-vous de haut en bas. "

Andréa haleta. "LÀ. Au sommet. Avez-vous senti ce petit nœud dur ?" Un gémissement étouffé de reconnaissance possible vint de Dennis, sa bouche couvrant toujours la poitrine d'Andrea. "C'est mon clitoris. C'est comme ça qu'on peut rendre une femme folle. Touchez-le avec précaution, c'est la partie la plus sensible de mon corps. Tout comme vous l'avez fait avec mon mamelon, mais avec encore plus de précaution."

À ce moment-là, Dennis avait Andrea aussi excitée qu'elle l'avait été depuis longtemps. Il allait et venait d'un petit sein ferme à l'autre, passant ses lèvres et sa langue dessus. Son doigt caressa son clitoris dressé, le tapotant et le faisant rouler. Finalement, Andrea était celle qui ne pouvait plus attendre. Poussant un gémissement exigeant, elle roula sur le dos, attirant Dennis sur elle.

"Denis, s'il te plait." Sa main était entre eux, tenant sa queue. Alors qu'elle s'étirait et se tortillait, les tirant tous les deux jusqu'au lit, elle guida la tête de sa bite entre ses lèvres.

"Maintenant, Dennis. Il est temps pour toi d'être en moi."

Qu'il l'ait réellement fait ou qu'il ne l'ait vu que dans des magazines, Dennis s'appuya sur ses bras, remua son corps entre les jambes d'Andrea et commença à pousser. Elle était si mouillée qu'il était simple pour lui de glisser complètement en elle en un seul mouvement rapide.

"Oh DIEU, c'est si bon," gémit Dennis.

« Oh oui, c'est vrai », gémit Andrea en signe d'accord. Elle déplaça ses jambes, remontant ses genoux et plantant fermement ses pieds sur le lit. "Maintenant, fais en sorte que ça se sente encore mieux Dennis. Bouge à l'intérieur de moi. Utilise tes hanches. Pas seulement de haut en bas mais de côté."

Dennis a répondu avec une volonté. Il remua ses hanches, parfois avant de pousser, parfois quand il était aussi loin en elle qu'il le pouvait. Ses mouvements n'étaient pas fluides du tout. D'une manière ou d'une autre, cela excita encore plus Andrea, car il ne cessait de la prendre au dépourvu par un mouvement soudain alors qu'elle ne s'y attendait pas.

Comme elle l'avait prédit mentalement, il ne fallut pas longtemps avant que Dennis ne commence à crier et à se raidir, puis à se vider en elle. Étant préparée, elle ne lui permit pas d'être gênée par la vitesse à laquelle il avait joui. Rapidement, elle les fit rouler, s'éloignant de lui et glissant le long de son corps. Avant même qu'il ne puisse haleter , elle avait pris sa bite dans sa bouche.

C'était délicieux, le mélange de son jus et de son sperme était délicieux pour elle. Elle ferma ses lèvres sur sa hampe et commença à pomper sa tête de haut en bas. Elle adorait sucer des bites. Dennis roula et gémit, pratiquement impuissant sous ses soins. En un rien de temps, elle le sentit recommencer à gonfler et à se raidir.

Elle le relâcha et fit pivoter son corps. Regardant Dennis par-dessus son épaule, elle remua ses fesses vers lui.

"Agenouille-toi derrière moi Dennis." Quand il se fut mis à genoux entre ses jambes, elle continua. "Prends mes hanches." Ses mains la serraient avidement. Elle tendit la main entre ses jambes et saisit à nouveau sa queue. Elle leva la tête et la posa contre sa chatte humide.

"À présent!"

Dennis n'avait pas besoin d'autres encouragements. Il a poussé ses hanches vers l'avant et toute la longueur de sa bite a plongé dans Andrea. Reculant jusqu'à ce que seule la tête soit en elle, il se jeta à nouveau en avant. Et encore. Et encore.

"Oh mon Dieu," cria Andrea. "Dennis, donne-le-moi fort, bébé. C'est quand tu deviens dur. Je suis tout à toi maintenant. Baise-MOI!" Elle termina par un cri.

Dennis sourit et redoubla d'efforts. Personne ne lui avait jamais fait ressentir cela. Il voulait donner à Andrea le même plaisir incroyable qu'elle lui donnait. Serrant ses hanches, il martelait contre la houle serrée de son cul. Ses boules se balançaient sous elle, claquant contre ses cuisses. Plus il poussait fort, plus elle exigeait qu'il le fasse.

La tête d'Andrea se leva et elle couina lorsque Dennis enfouit sa queue en elle. Elle recula avec la force de son jeune corps, s'assurant à chaque fois qu'il pénétrait de plus en plus profondément en elle. Puis elle baissa la tête pour étouffer un cri dans les oreillers tandis que la vague déferlante la prenait.

Dennis n'a jamais ralenti. Les convulsions d'Andréa ne firent que le pousser à plus d'efforts. Elle était en proie à de multiples orgasmes, les uns après les autres. Ses bras se sont effondrés, poussant son cul encore plus haut. Les yeux de Dennis s'écarquillèrent et il l'appela encore et encore alors qu'il finissait par gonfler en elle et tirait une seconde charge au fond de sa chatte. Les deux collégiens se sont effondrés. Avec le dernier de leur énergie, ils se blottirent l'un contre l'autre et s'endormirent.

Lorsque Dennis s'est réveillé, le soleil filtrait à travers les fenêtres de la chambre d'hôtel. Pendant un instant, il crut qu'il était en proie à un autre rêve érotique, comme il en faisait depuis un certain temps. Puis une paire de lèvres fraîches l'embrassa et deux yeux verts brillèrent alors qu'ils regardaient dans les siens.

"Bonjour tête endormie." dit joyeusement Andréa. Dennis s'assit, remarquant qu'elle était déjà habillée et que ses cheveux étaient mouillés. "Tu n'étais pas là. George m'a déjà appelé pour me dire qu'il était en route. Tu dois prendre une douche et bouger. Je dois aller réveiller Julia. George m'a dit qu'il l'avait laissée dormir."

« Andréa ? Dennis balbutia puis se reprit. "Merci. Je sais que ce n'est pas beaucoup, mais, merci."

"Hey," Andrea s'assit sur le bord du lit et lui prit la main. "Si tu as l'impression que je n'ai pas passé un bon moment hier soir, tu te trompes. C'était super. Tu es un amoureux."

"Puis-je, puis-je t'appeler un jour?"

"Eh bien, tu ferais mieux ! Sérieusement, fais-le. Je ne serai peut-être pas toujours disponible. Mais si je dis " Non ", c'est tout ce que cela signifiera : " Non pour cette nuit ou cet événement " et non " Non, je ne sortirai pas avec tu."" Elle se leva et sourit. "En plus, ta vie sociale va reprendre une fois que j'aurai dit à quel point tu es un étalon." Elle se pencha et l'embrassa à nouveau. "Promettre!"

Sur le chemin du retour vers sa chambre, elle croisa George dans le couloir. Tous deux se sourirent mais aucun ne s'arrêta. Andrea déverrouilla la porte de la chambre, s'arrêta et gloussa à la vue devant elle.

Julia était étendue à plat ventre sur le lit, complètement nue. Lorsque la porte se referma, sans lever la tête, elle marmonna : « Pas encore George. Je dois dormir un peu.

Andrea a rigolé, s'est approchée de sa colocataire et a giflé son amie sur son joli petit cul serré. « Réveillez-vous ! Il est presque 10 heures et nous devons partir avant 11 heures. »

« Noooooooooo » , gémit Julia en se retournant et en jetant son bras sur ses yeux.

Andrea a attrapé son amie par les chevilles et l'a tirée du lit. Julia heurta le sol et essaya immédiatement de remonter sur le matelas. Andrea secoua la tête et attrapa Julia par la taille. Souvent, dans l'intimité de leur dortoir, cela entraînait un plaisir intime, mais aujourd'hui, la fille la plus grande ne faisait que droguer l'autre à la douche, la poussait à l'intérieur et ouvrait l'eau. Froid.

Après que les cris se soient calmés, Julia a ajusté l'eau et s'est détendue sous la chaleur apaisante du ruisseau. Elle est sortie à contrecœur et s'est séchée. Elle trébucha jusqu'au lit, sortit des vêtements propres de son sac et s'habilla.

"On dirait que vous avez passé un très bon moment," taquina Andrea sa colocataire alors qu'ils ramassaient leurs affaires et se dirigeaient vers le check-out.

Julia regarda Andrea avec des yeux injectés de sang. Quand ils atteignirent la voiture, la petite fille monta sur le siège arrière et se recroquevilla. "Ne me réveille pas avant que nous soyons de retour sur le campus."

Andrea se tordit et regarda par-dessus son épaule. "Il ne semble même pas que 'Très bien' s'en approche."

"Mon Dieu," marmonna la fille aux cheveux noirs. "George n'a peut-être pas eu beaucoup, diable, AUCUNE pratique avec autre chose que son poing auparavant, mais bon Dieu, il apprend vite. Tout ce que je lui ai montré, il l'a fait deux fois, trois fois si cela nous faisait du bien à tous les deux. Et il peut manger la chatte presque aussi bien que vous le pouvez. S'il est disponible après l'obtention du diplôme, je pourrais l'épouser. Maintenant, taisez-vous et laissez-moi dormir.

Andréa gloussa. Elle ajusta le rétroviseur et regarda affectueusement son amie avant de démarrer la voiture et de sortir du parking. Alors qu'elle remettait le rétroviseur dans la bonne position pour conduire, un bruit soudain provenant de la banquette arrière la fit presque sursauter.

Andrea secoua la tête avec étonnement. Julia ronflait.

CADEAU DE DIPLÔME

Andrea Martin frappa à la fragile porte d'entrée de la caravane, l'entrouvrit et appela "Êtes-vous décent ?"

"Eh bien," fit une voix masculine, "Nous sommes habillés de toute façon."

Riant, l'étudiante brune entra.

"Salut, Andrea. Tu arrives juste à temps pour le déjeuner", a déclaré Scott White, un blond élancé d'une vingtaine d'années.

« A condition de le cuisiner, bien sûr. ajouta Jerry Carter, l'homme le plus sombre et le plus costaud assis sur le canapé.

Andrea roula des yeux et les regarda avec tendresse. Tous deux étaient de bons amis et d'autres étudiants en théâtre. Scott s'est spécialisé dans le son et l'éclairage tandis que Jerry était le charpentier principal et le superviseur de la construction des décors. Tous deux étaient des seniors et avaient terminé leurs cours et leurs examens. Dans deux jours, le dimanche après-midi, ils obtiendraient leur diplôme.

« Y a-t-il autre chose que de la bière et des restes de pizza ? » s'enquit Andrea alors qu'elle se dirigeait vers la cuisine, pointant le réfrigérateur comme elle le faisait.

« En fait , je pense que oui, » répondit Scott.

Andrea ouvrit la porte et regarda à l'intérieur. À sa grande surprise, elle trouva tout ce dont elle avait besoin pour cuisiner plusieurs plats différents. Elle a opté pour le poulet au parmesan. Enlevant les chaussures de tennis qu'elle portait, elle assembla des ustensiles de cuisine et chercha des épices dans les placards.

"Maintenant que j'aime voir", taquina Jerry. "Pieds nus et dans la cuisine." Andrea regarda par-dessus son épaule alors qu'elle s'étirait pour atteindre le paprika et lui fit un bruit grossier.

« Il vaut mieux que ce soit vraiment du paprika, » annonça-t-elle, « Et pas de l'herbe. Si rien d'autre, vous êtes tous trop proches de la remise des diplômes pour vous faire arrêter maintenant.

« Traversez mon cœur », a promis Jerry. "Tout ce que nous avons, c'est de la bière et quelques bouteilles de vin."

"D'accord," répondit Andrea. Elle était occupée, mais son esprit vagabondait alors que ses mains fonctionnaient d'elles-mêmes. C'était intéressant. Jerry regardait ses jambes quand il a fait cette remarque. Elle se demandait pourquoi. Lui et sa petite amie Nicole sortaient ensemble depuis deux ans et il n'avait jamais montré de réel intérêt pour quelqu'un d'autre. Maintenant Scott, ses lèvres retroussées en un sourire. Scott et elle s'amusaient tellement à flirter et à se taquiner qu'ils avaient développé une routine régulière qu'elle n'avait jamais pensé à déranger en sortant avec lui, et encore moins en couchant avec lui.

"Où est Julia ?" Les mots de Scott ont fait irruption dans ses pensées.

"Elle est partie avec l'équipe de baseball, les championnats régionaux", a-t-elle déclaré. Sa pensée se tourna vers sa colocataire aux cheveux noirs et le léger sourire tirant sur ses lèvres s'élargit.

« Elle me manque, hein ?

Plutôt surprise, Andrea regarda Jerry. Qu'elle et sa colocataire soient très proches, TRÈS proches en effet n'était pas exactement un secret mais ce n'était pas non plus quelque chose qu'ils affichaient. Ils menaient tous les deux une vie sociale pleine et variée et sortaient beaucoup. Que l'une ou l'autre puisse occasionnellement se rapprocher d'une autre femme plus qu'il n'était généralement accepté, et souvent l'une de l'autre dans l'intimité de leur dortoir, était quelque chose qu'elle ne pensait pas être de notoriété publique.

Un coup d'œil à Jerry ne révéla rien d'autre qu'un intérêt occasionnel. Andrea décida qu'il pensait simplement ce qu'il avait dit.

Ouais, personne avec qui bavarder la nuit et personne pour me faire étudier quand je préfère faire des gaffes. Mais elle sera de retour mardi. » Elle changea de sujet. « En parlant de ça, où est Nicole ? Je ne l'ai pas vue depuis quelques semaines."

Il y eut un silence assez long pour qu'Andrea se rende compte que quelque chose n'allait pas, avant même que Jerry, à voix basse, ne dise "Nous avons rompu".

"Oh mon Dieu, je suis tellement désolé Jerry." Andrea hésita, pensant demander à Jerry s'il voulait en parler. Elle a décidé qu'une conversation à trois n'était pas la bonne façon de s'y prendre. Le visage de pierre de Jerry l'empêchait de toute façon de demander, du moins pour le moment.

Les choses restèrent calmes jusqu'à ce que la nourriture soit faite et qu'ils mangèrent tous les trois. Les gars faisaient la vaisselle pendant qu'Andrea se détendait dans un fauteuil rembourré, ses pieds repliés sous elle. Après que la cuisine ait été nettoyée, une opération qu'Andrea nota qui prit les deux gars deux fois plus longtemps qu'elle ne l'aurait prise seule, ils se laissèrent tomber sur le canapé.

« Donc, des plans pour votre dernier week-end de fac.

"Non," dit Scott, alors qu'il s'effondrait contre les coussins. "Je pense que nous allons simplement nous détendre et traîner ici." Ses yeux rencontrèrent ceux d'Andrea et elle lut les mots non prononcés. Jerry ne se sentait pas prêt à quoi que ce soit et comme son ami Scott était prêt à s'abstenir de toute activité pour rester avec lui. Elle aimait ça. Cela montrait une profondeur d'amitié entre deux gars qu'Andrea avait toujours considéré comme deux gars vraiment sympas.

Assez beaux aussi, tous les deux. Jerry était musclé et les cheveux noirs couvrant ses bras et dépassant du haut de sa chemise lui avaient toujours donné l'air d'un gros ours heureux. Et Scott, eh bien, il semblait mince et léger, et avait toujours un regard innocent dans ces yeux bleus brillants qui avaient attiré plus d'une femme de la connaissance d'Andrea. Mais Andrea elle-même avait toujours vu la malice danser derrière ces yeux. Pas méchant, Scott était un trop bon gars pour ça, mais un petit diable qui faisait des promesses à quiconque le verrait et l'accepterait.

Un sentiment surprenant et imprudent s'empara d'Andrea. Elle baissa la tête, espérant que le diable dans ses propres yeux verts n'avait pas été remarqué. Se levant, elle se dirigea vers le canapé.

"Tu sais," remarqua-t-elle avec désinvolture, se tenant entre leurs jambes écartées. « J'ai presque oublié ton cadeau de fin d'études.

« Vous nous avez offert un cadeau ? dit Scott surpris.

"Tu n'étais pas obligé de faire ça", a ajouté Jerry.

"Je sais, mais je le voulais. Maintenant, c'est une surprise, alors vous devez tous fermer les yeux. Allez-y", a-t-elle exhorté, riant alors qu'elle le faisait à la soudaine incertitude sur leurs deux visages. je ne te mords pas."

"D'accord," dit Jerry et il ferma docilement les yeux. Andrea tapa son pied nu.

« Pendant tout le chemin Scott, je te vois jeter un coup d'œil.

" Non , je ne le suis pas," protesta la voix douce et innocente qui correspondait à son visage, et avait attiré un certain nombre de filles dans le lit avec lui au cours des quatre dernières années.

« Scot ! »

"D'accord, d'accord. Gesh ," marmonna-t-il en fermant les yeux.

Après une confirmation rapide que Jerry avait emboîté le pas, Andrea frissonna. Pouvait-elle faire ça ? C'était une impulsion soudaine , une pensée qui venait de surgir dans son esprit. Puis elle a jeté la prudence aux vents. Pourquoi pas? D'un mouvement rapide, elle fit passer son t-shirt par-dessus sa tête et le jeta sur la chaise où elle était assise. Son short en jean coupé et sa culotte ont suivi. Depuis qu'elle avait enlevé ses chaussures avant le déjeuner, ces trois articles étaient tout ce qu'elle portait.

Andrea étouffa un petit rire en regardant ses deux amis. Ils ressemblaient à des petits garçons attendant un morceau de gâteau d'anniversaire. Eh bien, elle passa ses mains sur son corps mince et athlétique, ils étaient sur le point d'obtenir un morceau de quelque chose de bien.

Tombant à genoux entre les deux paires de jambes tendues, elle se pencha en avant. Prenant une profonde inspiration et avec un sourire sur son visage qui allait d'une oreille à l'autre, elle tendit la main et saisit fermement les deux gars entre leurs jambes.

Le résultat était tout ce qu'elle pouvait espérer. Les deux paires d'yeux s'ouvrirent de surprise. Les deux gars la regardèrent, agenouillés nus entre eux et leurs yeux devinrent des soucoupes.

« ANDRÉ ! »

"D'accord, les gars, vous écoutez ?" Deux têtes montaient et descendaient. Andrea espérait qu'ils écoutaient, les renflements avaient déjà suffisamment gonflé pour que, au lieu de reposer ses mains là où ils avaient atterri, ses doigts formaient maintenant des cercles autour de deux hardons en croissance .

"Puisque vous n'aviez pas prévu quoi que ce soit, prévoyons simplement de rester ici pendant les quarante-huit prochaines heures." Les renflements mettaient à rude épreuve le jean de Jerry et le short de Scott maintenant. "Pendant ce temps, chaque fois que tu me veux, comme tu me veux, tu peux m'avoir, je suis à toi." Deux têtes hochèrent la tête ensemble comme si elles étaient des images miroir et elle ne put s'empêcher de rire. « Alors, qui est le premier ?

Scott lui adressa son sourire caractéristique et lui fit un clin d'œil. Puis il s'est levé. Se déplaçant vers Andrea, il lui toucha l'épaule, la tournant vers Jerry.

"Il est."

Levant les yeux vers Jerry, Andrea fit un clin d'œil à son tour. Ses doigts attrapèrent la fermeture éclair de son jean et l'abaissa. En même temps, elle se pencha en avant et détacha sa ceinture. Une traction rapide sur son sous-vêtement et sa bite se libéra, pour disparaître immédiatement entre les lèvres d'Andrea et dans sa bouche. Elle s'appuya avec ses mains de chaque côté de lui et commença à pomper sa tête.

Au début , elle bougeait à peine. Chaque bob descendit un peu plus bas avant de remonter, tenant juste la tête entre ses lèvres. Chaque fois qu'elle se levait, sa langue glissait sur la douceur du casque et chatouillait la fente. Puis elle est redescendue. Et encore. Et encore.

Alors qu'elle avait l'intention de sucer la bite de Jerry, elle manqua presque un contact léger comme une plume entre ses propres jambes. Pendant un instant, elle l'a rejeté comme un produit de son imagination, provoqué par sa propre excitation. Puis le toucher est devenu plus prononcé. Ses yeux s'écarquillèrent lorsqu'elle réalisa que ce devait être Scott.

Elle se tortilla. C'était définitivement une langue qui caressait d'abord l'intérieur d'une cuisse, puis l'autre. Il évitait de toucher sa chatte. Au lieu de cela , il lui lécha les jambes, traçant les plis où commençaient ses fesses, puis descendit l'arrière de ses jambes.

Un gémissement de protestation de Jerry ramena son attention sur lui et elle recommença à lui sucer la bite. Ses mains étaient maintenant sur sa tête, juste posées là, ne faisant aucune tentative pour la pousser vers le bas, mais elle pouvait toujours sentir l'urgence en elles alors qu'elles tremblaient contre ses cheveux. Elle descendit jusqu'à lui d'un mouvement rapide, enfouissant son visage sur lui jusqu'à ce qu'elle ne puisse plus aller plus loin.

Andrea a augmenté la succion de sa bouche sur la bite de Jerry. Elle tourna la tête, sentant la tête enflée frotter contre le fond de sa bouche. Sa bite n'était pas un monstre, mais elle remplissait très bien sa bouche, poussant contre l'ouverture de sa gorge. Et Scott, oh mon Dieu, sa langue était maintenant entre ses jambes et il caressait sa fente ouverte. Elle repoussa ses hanches contre lui et sa langue la pénétra.

Sa tête était tout sauf rebondir sur Jerry maintenant. Elle resserra l'emprise de sa bouche sur sa tige lisse et l'entendit gémir d'approbation. Ses mains chevauchèrent l'arrière de sa tête et ses hanches commencèrent à se soulever du canapé vers elle. La langue de Scott a trouvé son clitoris et un, puis deux doigts l'ont pénétrée. Ils ont pompé en elle au même rythme que sa tête a basculé sur la bite maintenant enflée. Elle gémit et la satisfaction dans sa voix étouffée devait être la dernière poussée pour Jerry.

Pour la première fois, ses mains poussèrent sa tête sur sa queue. Le premier jet remplit sa bouche et elle déglutit pour ne pas se noyer. Il a continué à jouir, le liquide chaud coulant dans sa gorge. Eh bien, elle avait l'intention de l'avaler de toute façon, mais sacrée vache, Nicole et lui devaient être en rupture, au moins sexuellement, depuis plus de deux semaines. Elle lutta puissamment pour suivre le flot, alors même que son propre corps commençait à se contracter sous le toucher de Scott.

Jerry bougea et soudain il disparut. Andrea ouvrit les yeux et cligna des yeux. Où est-il allé? Puis deux bras costauds l'entourèrent et elle fut soulevée jusqu'au canapé et soigneusement déposée sur le dos. Les mains écartèrent ses jambes et Scott se glissa sur elle. D'un mouvement fluide, ses hanches poussèrent vers l'avant et sa bite la pénétra.

Comme Jerry, Scott n'était pas un monstre, mais il la remplissait bien et c'était tout ce qu'elle demandait. Et plus il était en elle, plus elle pensait qu'il méritait sa réputation chuchotée. Scott a utilisé tout son corps sur elle. Il déplaçait ses hanches, variant la vitesse, la profondeur et l'angle de ses coups. Sa poitrine lisse frottait d'avant en arrière sur ses seins, excitant les tétons. Sa bouche s'élança ici et là, mordillant tantôt son épaule, tantôt léchant le côté de son cou et remontant jusqu'à son oreille.

Le corps d'Andrea a répondu et elle a commencé à reculer contre Scott. Elle attrapa le lobe de son oreille entre ses lèvres et ses bras le serrèrent contre elle, alors même que ses propres bras glissaient autour d'elle. Ses hanches pompaient maintenant, se déplaçant toujours alors qu'il allait de plus en plus vite, plongeant sa bite dure en elle. Elle s'appuya sur ses pieds, utilisant la force des jambes de son coureur pour le rencontrer à chaque fois. Elle le sentit gonfler et sut qu'il était au bord du gouffre. Un soulèvement rapide et ses jambes se refermèrent autour de lui. le plaquant contre elle et en elle alors qu'il venait profondément en elle, inondant sa chatte de son sperme chaud.

Après avoir lancé le week-end en fanfare, la détonation a continué pour le reste du temps. Andrea a refait l'amour avec chacun d'eux vendredi. Les deux fois étaient vanille, gars au top, mais amusant. Ils ont monté d'un cran samedi matin, quand Scott a trouvé Andrea en train de préparer le petit-déjeuner en ne portant rien de plus qu'un de ses t-shirts. Le petit-déjeuner dut attendre pendant qu'il la hissait sur la table, éparpillant les plats tout en tenant une cheville dans chaque main. Jerry la surprit penchée sur le bras du canapé et avant qu'elle ne s'en rende compte, son short était enlevé et elle était penchée en avant quand il la pénétra par derrière. Non pas qu'elle s'en soucie.

Samedi soir , elle et Scott s'étaient douchés ensemble. À présent, elle devenait un peu tendre, alors elle s'agenouilla et lui fit une pipe alors que l'eau chaude coulait sur leurs corps. Elle avait passé la première nuit dans la chambre de Scott, elle avait passé le samedi soir chez Jerry. Cette fois, elle monta sur le dessus et les amena tous les deux à l'apogée alors qu'elle rebondissait vigoureusement sur son manche raide.

Quand elle s'est réveillée le dimanche matin, elle a expérimentalement fléchi son corps. Eh bien, elle rigolait toute seule, toutes ces heures sur la piste ; les étirements, les redressements assis, les tours courus chaque semaine avaient porté leurs fruits. Elle pouvait encore bouger, même si elle doutait qu'elle puisse tenir une autre journée complète comme la dernière l'avait été. Mais la remise des diplômes était juste après le déjeuner et elle était encore prête à s'amuser ce matin.

Une main douce la fit rouler pour faire face à Jerry. Il l'embrassa, sourit et lui caressa le visage. "Je dois dire que même si mes parents m'offrent une voiture de sport et un voyage en Europe, cela ne correspondra pas à ce que vous m'avez donné, compte tenu des États-Unis."

Andrea rougit presque. Elle leva son visage vers lui et l'embrassa. "Alors," sourit-elle, "Est-ce que ça veut dire que tu n'as plus d'énergie?"

Elle regarda l'horloge sur la commode. « Tu prévois de te blottir jusqu'à ce qu'il soit temps de partir ? »

"Oh non." Jerry tira Andrea sur lui. "Vous ne vous en sortirez pas sans une finale dont on se souviendra pendant des années."

"Où est Scott ?" Andrea regarda la porte.

"Il sera là."

Andrea chevaucha à nouveau Jerry, sentant sa bite monter une fois de plus contre l'intérieur de sa cuisse. Sa bite glissa le long de sa fente ouverte, glissant d'avant en arrière, lui donnant une chance de se mouiller à nouveau et de le lubrifier correctement. Elle appuya ses mains sur ses hanches et se leva, s'attendant à ce qu'il se guide en elle.

Il l'a fait, mais en même temps il l'a surprise. Alors qu'il la pénétrait, Jerry l'attrapa par les épaules et l'attira vers lui. L'embrassant, il serra son torse contre le sien. "Alors," murmura-t-il quand sa bouche relâcha la sienne, "Tu t'es demandé où était Scott. Eh bien, il est juste là." Le lit grinça et se déplaça sous eux. Andrea essaya de tourner la tête quand elle sentit quelqu'un bouger derrière elle mais Jerry la serra contre lui.

Deux mains fermes frottèrent ses fesses serrées, maintenant légèrement soulevées dans les airs. Ils caressèrent ses joues, puis un se glissa entre eux, les écartant. Elle frissonna de surprise en sentant une humidité fraîche dans sa fente. Puis un doigt a commencé à masser cette humidité contre son autre trou. Elle bougea un peu plus vite contre Jerry, sa bite remplissant toujours sa chatte alors que la légère pression sur son anneau anal la fit céder et le doigt de Scott pénétra dans son cul.

"Oh mon Dieu," haleta Andrea alors que Scott commençait à tordre son doigt en elle, la lubrifiant et l'étirant doucement alors qu'il pompait dedans et dehors. Une tentative d'elle pour accélérer son balancement sur Jerry fut stoppée par la prise ferme de cet homme sur ses épaules.

"Non, non, ne te précipite pas. Je ne viens pas tant que nous ne serons pas tous les deux en toi."

Scott s'était penché sur elle et avait chuchoté à son autre oreille. "Andrea, on te veut comme ça, entre nous, Jerry dans ta chatte et moi dans ton cul. On sait que tu as dit qu'on te voulait mais on ne te retiendra pas à ça, à ça, si tu Jamais aucun de nous ne vous forcerait à faire quelque chose d'inconfortable ou quelque chose que vous ne vouliez pas faire.

Andrea devenait folle. Incapable de bouger, de se tortiller sur la bite de Jerry ou sur ce doigt merveilleux explorant son cul, elle n'a réussi qu'à gémir : "Pour l'amour de Dieu Scott, ne me taquine pas. Prends-moi !"

« Te taquiner ? Pourquoi je ne ferais jamais ça. Le doigt solitaire continuait de se tortiller en elle. Plus de lubrifiant coula dessus et travailla en elle. Puis le doigt disparut et elle sentit la tête du sexe de Scott le remplacer. Ses mains parcouraient son dos de haut en bas, la massant, alors même qu'il se pressait soigneusement contre elle. Malgré son impatience vocale et ses tentatives de basculer vers lui, tentatives qui ont été contrecarrées par quatre mains fermes, Scott a travaillé très lentement dans son cul. Même après que la tête soit complètement entrée et qu'il ait enfoncé la longueur de son manche en elle, il est allé petit à petit, permettant à son poids de faire le travail, plutôt que d'utiliser ses hanches. Mais finalement , Andrea sentit son aine se poser contre ses fesses.

Elle ne s'était jamais sentie aussi incroyablement comblée en vingt ans. Ce n'était en aucun cas sa première expérience de sexe anal, mais jamais auparavant elle n'avait été doublée. Les deux bites se tendaient en elle. Elle pouvait les sentir presque se toucher en elle.

« Andréa ? La voix de Scott la caressait.

" OUI ! " réussit-elle à s'étouffer.

"Maintenant, nous avons fini de taquiner. MAINTENANT, nous allons te baiser."

Scott, calé sur ses genoux derrière elle, ses mains agrippant ses hanches, commença à bouger. Comme si un signal avait été passé, Jerry commença à la soulever dans les airs avec ses hanches et ses jambes fortes, la repoussant à chaque fois sur Scott. Ce même mouvement la fit rebondir de haut en bas sur sa propre queue. Ses mains étaient sur le devant de ses hanches, la forçant à se lever alors même que Scott descendait.

Pendant un moment, les deux gars ont ralenti et il y a eu une consultation chuchotée qu'Andrea, même si elle était entre eux, était trop perdue dans les sensations que son corps ressentait pour comprendre. Puis tous les trois roulèrent sur le côté, Scott et Jerry ne perdant jamais leur pénétration de son corps.

"C'est mieux," haleta Jerry. "Je pouvais à peine respirer pendant un moment."

Les mains attrapèrent le haut de la jambe d'Andrea, la soulevant en l'air. Il y eut un moment de confusion alors que les gars ajustaient leur rythme, puis ils ont commencé à voir s'ils pouvaient écraser Andrea entre eux. Les bites glissèrent hors de son corps jusqu'à ce que seules les têtes soient encore en elle, puis furent repoussées à l'intérieur d'elle. Des poussées profondes et dures la remplissaient et le mince mur de chair entre eux était tout ce qui les empêchait de se rencontrer.

Les mains de Jerry l'entourèrent et agrippèrent ses fesses. Les mains de Scott caressèrent ses seins. Les deux ont utilisé leur emprise sur son corps comme levier pour enfouir complètement leurs bites en elle, poussant son corps sur le lit entre eux comme si elle remplissait un tube de dentifrice. Puis leur emprise la ramena et la prépara pour la prochaine pénétration simultanée.

Andréa est venue. Elle est venue dans une précipitation sauvage, exprimant son approbation de ce que faisaient ses amis. Ils n'ont jamais ralenti. La bite dans sa chatte, la bite dans son cul, les deux claquant en elle, l'ont poussée jusqu'au mur. Elle a crié, elle a tapé sur le dos de Jerry avec sa main libre, elle a eu un deuxième orgasme. Le monde se résumait aux seuls deux gars qui la prenaient en sandwich et à ce qu'ils lui faisaient. Chaque fois que la bite de Jerry se retirait suffisamment, un flot de son humidité se déversait d'elle.

Cela ne pouvait durer qu'un temps. Même avec tout le sexe que les gars avaient eu au cours des quarante-huit dernières heures, ils avaient atteint leur limite. Jerry vint le premier, saisissant ses hanches dans une poigne qui aurait pu laisser des bleus s'il n'avait pas gardé assez de contrôle pour les relâcher alors même qu'il se vidait en elle. Scott avait commencé plus tard, mais l'étroitesse de son anneau anal et la pression exercée sur les muscles de son cul sur sa queue faisaient pencher ses écailles et elle était remplie de collant humide à l'arrière comme à l'avant.

Andrea ferma les yeux alors que les deux mecs lui tiraient des bites adoucissantes et se blottissaient contre elle. Elle voulait seulement fermer ces yeux un instant, mais quand elle les rouvrit, l'horloge sur la commode lui indiqua qu'il était des heures plus tard.

"Lève toi lève toi!" Andrea bondit d'entre eux. "Vous devez tous vous doucher et vous habiller." Elle tourna d'abord dans un sens, puis dans l'autre, roulant chacun à son tour hors du lit et sur le sol.

Une activité à peine moins sauvage que le reste du week-end s'ensuivit. Les deux futurs diplômés ont réussi à nettoyer à la hâte, à enfiler leurs robes et à courir vers leurs voitures. Il y avait à peine le temps pour quelques baisers précipités alors que les gars, marchant plutôt les jambes arquées, se dirigeaient vers le campus.

Andrea retourna dans les chambres et commença à enlever les draps des lits. Elle les jeta dans un grand sac à linge et le mit dans le coffre de sa voiture. Puis, avant de se diriger vers la laverie, elle a pris le temps d'une douche très longue, très chaude, très apaisante. Après tout, il n'y avait pas que Jerry et Scott qui marchaient comme s'ils avaient été montés tout le week-end.

VACANCES

Andrea Martin se tortilla d'un air endormi contre le corps chaud contre lequel elle était blottie. Elle bailla et commença à marmonner quelque chose à sa colocataire Julia Carraux à propos de ce qu'ils avaient fait la nuit dernière quand elle réalisa quelque chose.

Le corps contre lequel elle était allongée était définitivement féminin. Cependant, le bas qui pressait son abdomen était considérablement plus arrondi et plus doux que les fesses tendues de la pom-pom girl de sa colocataire. Les seins de Julia étaient modestes, un peu comme les siens. L'orbe généreux qu'elle tenait dans sa main était beaucoup plus grand que celui qu'elle tenait souvent au réveil.

Andrea se redressa sur son coude, regardant le corps niché à côté d'elle. "Certainement PAS Julia," pensa-t-elle. Elle secoua la tête. Rien n'a bougé. Par conséquent , elle n'avait probablement pas la gueule de bois, juste sommeil. Elle étudia la pièce ainsi que le corps endormi à côté d'elle.

D'accord, les choses revenaient, dans une clarté cristalline en fait. C'était la maison de son ami Eric, qui l'avait invitée à passer les vacances de printemps avec lui. Et donc, cette femme plus âgée qui était au lit avec elle était la mère d'Eric, Helen.

Oh mon. Oh mon. OH MON. Comment s'est-elle retrouvée dans une situation pareille ? Ses pensées se sont envolées il y a environ deux semaines vers une paire de chaises confortables dans le salon à l'étage du syndicat des étudiants.

"Qu'allez-vous faire ensuite?" demanda sa colocataire. La petite fille aux cheveux corbeau avait replié ses pieds sous elle, présentant une photo qu'Andrea trouvait non seulement incroyablement mignonne mais presque irrésistiblement sexy. Eh bien, cette pensée pouvait attendre qu'ils soient de retour dans leur chambre.

"Je ne sais pas, Julia. Avec mes parents à l'autre bout du monde avec la nouvelle affectation de mon père , je ne vois vraiment pas rentrer chez moi pour rester avec ma tante et mon oncle. Et j'apprécie tellement votre offre mais je n'avez pas l'argent pour un billet d'avion pour le

Canada avec vous et s'il vous plaît ne me dites pas que vos parents vont le payer. Je les aime beaucoup et je sais qu'ils peuvent se le permettre, mais non.

Andréa haussa les épaules. "Il en va de même pour aller à la plage. J'ai besoin d'économiser mon argent. Je vais juste rester ici."

"Et faire quoi?" demanda Julia, concédant silencieusement la dispute à la plus grande fille.

"Je pourrais juste étudier, comme un certain étudiant en mathématiques me rappelle que je dois en faire plus souvent. Je doute que cela me tue, en supposant que je n'en fasse pas trop ."

Les deux filles éclatèrent de rire et détournèrent la conversation. Surprenant pour Andrea cependant, quelques heures plus tard, un ami masculin l'a approchée.

« Andréa ?

« Salut Eric. Oui ?

"J'espère que tu ne penseras pas que j'étais en train d'écouter, mais je t'ai entendu parler avec Julia des vacances de printemps et de ton séjour ici à l'école. Je me demandais si tu voudrais venir à la maison avec moi et Irène ?"

Andréa était surprise. Elle connaissait Eric et sa petite amie de longue date Irène, mais plutôt avec désinvolture. Ils étaient amis, mais pas si proches que l'invitation ne la prit pas au dépourvu. Elle se demandait pourquoi il poserait la question.

La confusion a dû être affichée sur son visage car Eric a rapidement ajouté: "D'accord, ce n'est pas entièrement altruiste. Irene rentre à la maison avec moi, et bien, nous voulons passer la plupart du temps ensemble. SEUL ensemble. Je pensais que peut-être vous pourrait aider à tenir compagnie à ma mère. Je sais que cela semble un peu ringard, mais elle est assez seule depuis qu'elle et mon père ont divorcé et j'ai pensé que cela lui remonterait le moral d'avoir de la compagnie. Cela lui ferait du bien d'avoir quelqu'un de joyeux et optimiste autour de." Il hésita et rit. "Oh mon Dieu, on dirait que j'essaie de te faire devenir un compagnon ou quelque chose comme ça. Vraiment, je ne le suis pas. Je ne pense tout simplement pas que tu devrais passer la pause ici. Si tu ne le frappes pas avec ma mère, tu es certainement libre de faire tout ce que tu veux." Il s'arrêta. "Est-ce que j'ai le moindre sens ici ou est-ce que je passe pour un crétin ?"

"Peut-être tout ce qui précède," répondit Andrea. "Mais bon sang, je ne veux vraiment pas rester ici. Je vous connais tous. Peut-être que ta mère et moi nous entendrons à merveille."

Il s'est avéré qu'Helen, la mère d'Andrea et d'Eric, s'est aimée à première vue. Helen était à peu près de la taille d'Andrea, avec des cheveux roux mi-longs et des yeux bleus. Son corps était plus lourd que celui d'Andrea, avec des seins plus pleins et des hanches arrondies. Andrea pensait que les kilos en trop portés par la femme plus âgée étaient merveilleux, lui donnant des courbes généreuses. En fait, le visiteur du collège pensait que la mère d'Eric était non seulement très attirante, mais aussi sexy.

Bien sûr, Andrea n'avait aucune idée de donner suite à ces pensées, elles n'étaient qu'une observation. Après tout, on n'a tout simplement pas été invité à rester une semaine chez un ami et à commencer par faire des avances à sa mère. Mais il semblait que ce serait bien d'avoir Helen comme amie. Andrea s'est juré d'en tirer le meilleur parti, comme elle le faisait habituellement dans la plupart des situations.

Fidèles à ses paroles, Eric et Irène étaient rarement en vue. Ils ont essayé de faire au moins une apparition par jour, mais Andrea et Helen se sont retrouvés seuls ensemble la plupart du temps. Andrea a tout raconté à Helen sur elle-même, enfin, les détails publics de toute façon. Elle a laissé de côté son arrangement de sommeil avec sa colocataire, en fait à peu près toute sa vie sexuelle active, mais surtout la partie sur le fait d'aimer les autres femmes.

Pour sa part, Helen a beaucoup parlé d'elle-même, sauf qu'elle a évité de parler du père d'Eric et du divorce. Andrea a compris que la séparation avait eu lieu il n'y a pas si longtemps et n'avait apparemment pas été particulièrement amicale. Helen a avoué qu'elle n'avait pas essayé de réintégrer le monde des rencontres, n'étant pas sûre d'elle-même et de la manière de procéder, cela faisait presque 20 ans qu'elle était célibataire. Elle a admis avoir été invitée à sortir une fois ou deux, mais jusqu'à présent, elle avait refusé.

Andrea pensait qu'il était probablement difficile de reprendre le rythme des choses, mais quant au sentiment d'Helen qu'elle n'était pas jolie, eh bien, pensa Andrea, c'était idiot. Helen était TRÈS attirante. Et désirable. Ce dont elle avait besoin, décida Andrea, c'était d'une nouvelle garde-robe, d'un relooking et d'une dose de confiance en soi.

Les deux femmes avaient fait du shopping ensemble depuis le tout premier jour de la visite d'Andrea, mais ce jour-là, lorsqu'elles ont visité le quartier commerçant du centre-ville, Andrea a tout fait. Elle drogue Helen d'un magasin à l'autre, achetant de nouveaux vêtements. Elle a emmené son amie plus âgée chez le coiffeur et a passé plus d'une heure au comptoir des cosmétiques. Helen a tenté de protester à chaque étape du processus, mais Andrea pouvait dire que la femme plus âgée était ravie des résultats.

"Andrea. Je n'arrive pas à y croire, mais je suis complètement épuisée", a ri Helen. Les deux femmes serraient des sacs avec de nouveaux achats, principalement pour Helen.

"Helen, je sais, mais je vois encore un endroit où nous devons aller." Joignant ses gestes à ses paroles, Andrea prit la main d'Helen et l'entraîna dans un magasin spécialisé dans les vêtements féminins les plus intimes. Helen a protesté, mais plutôt faiblement, alors qu'Andrea la conduisait d'un rack à l'autre à la recherche de différentes tenues. Sous l'impulsion de la jeune femme, Helen a acheté plusieurs ensembles de sous-vêtements extrêmement audacieux et même des soi-disant "vêtements de nuit" destinés à faire autre chose qu'à aider à dormir. Plutôt l'inverse, en fait.

Se précipitant à la maison avec leurs nouveaux trésors, les deux femmes montèrent à l'étage dans la chambre d'Helen et commencèrent à disposer les achats à admirer. Andrea elle-même avait choisi deux tenues qui dépassaient largement son budget, seulement pour qu'Helen insiste pour les acheter pour elle.

« Essayons-en quelques-unes », proposa Andrea. Helen a hésité un peu, seulement pour être de nouveau dépassée par l'argument d'Andrea selon lequel s'ils ne les essayaient pas maintenant, quand le feraient-ils et que se passerait-il s'ils n'étaient pas de la bonne taille ? Se rendant, Helen prit l'ensemble soutien-gorge et culotte qu'Andrea lui offrait et se retira dans sa salle de bain. Andrea, incapable de se résister, se débarrassa rapidement de ses propres vêtements et enfila une nuisette blanche peek-a-boo qui ne consistait pas beaucoup plus que des bouts de dentelle et ne cachait pratiquement rien.

"Ça va," vint l'appel de la salle de bain. "Trouvez-m'en un autre pour essayer."

"Oh non," répondit Andrea. "Tu ne t'en sors pas si facilement. Viens et laisse-moi voir."

"Andréa, je ne pouvais pas !"

" Oh allez," répondit la jeune femme. « C'est juste nous les filles.

"D'accord, mais promets de ne pas rire."

" C'est un marché."

La porte de la salle de bain s'ouvrit et Helen sortit. Toutes les pensées qu'Andrea aurait pu avoir au fond de son esprit de rire ont été immédiatement balayées. Le choix de sous-vêtements d'Helen était noir et maigre en effet. Andrea pouvait voir des aperçus de ses mamelons et de la grande auréole brune à travers le soutien-gorge. L'obscurité du buisson d'Helen était apparente, avec des boucles errantes s'échappant de la culotte serrée. Alors que la femme plus âgée traversait timidement vers le miroir en pied, Andrea buvait dans les jambes lisses, la vue des fesses d'Helen débordant de la culotte. Même le doux anneau de ces quelques kilos en trop autour de sa taille était érotique. Andrea sentit le désir monter en elle et elle sut qu'elle voulait cette femme.

Un facteur contributif à la décision soudaine qui était maintenant le moment était la façon dont les yeux de la femme plus âgée l'avaient parcourue rapidement lorsqu'elle était sortie de la salle de bain. En effet, Andrea était sûre que le regard d'Helen s'était attardé sur l'ourlet abrégé de la nuisette, qui non seulement montrait les jambes fortes et fermes d'Andrea, mais ne couvrait complètement ni les joues de ses fesses ni le triangle noir entre ses jambes.

"Tu es magnifique, Helen. Tu l'es vraiment," souffla Andrea.

« J'ai l'air plutôt sympa , n'est-ce pas ? Hélène posa ses mains sur ses hanches et se tourna d'avant en arrière, admirant son reflet.

"Tu sais ce dont tu as besoin ?" Andrea se précipita vers le placard d'Helen et prit une paire de talons hauts noirs parmi la sélection de chaussures qui s'y trouvait. Elle les ramena et s'agenouilla devant Hélène. Elle leva d'abord une jambe, puis l'autre, aidant la femme plus âgée à glisser ses pieds dans les chaussures. Les doigts d'Andrea s'attardèrent sur les chevilles et les mollets d'Helen alors qu'elle gardait résolument le regard baissé, sachant que si elle laissait ses yeux dériver jusqu'à la jonction des jambes d'Helen, elle perdrait tout contrôle. Non pas qu'elle ne le veuille pas, mais ce n'était pas tout à fait le moment pour cela. encore.

« Oh oui, c'est bien ! » s'exclama Hélène. Elle posa ses mains sur ses hanches, bomba un peu la poitrine et prit la pose. La bouche d'Andrea était très sèche. Elle se glissa juste derrière Helen alors que la femme plus âgée s'admirait dans le miroir, tournant légèrement d'abord à gauche puis à droite.

"Tu es magnifique," admira Andrea.

"Tu penses vraiment cela?" demanda Hélène. Cette fois cependant, elle sembla accepter le compliment. Fronçant un instant les sourcils, elle tenta d'ajuster le soutien-gorge. "Tu ne penses pas que je devrais essayer d'avoir ce trajet plus haut? Me pousser un peu?" Elle s'agita un peu. "Ou peut-être le baisser pour montrer un décolleté ?"

Andrea a saisi son opportunité. Elle s'avança juste derrière Helen et glissa ses bras autour de l'autre femme, bavardant comme elle le faisait pour minimiser le contact surprise de ses mains. Cela a dû marcher, car Helen n'a jamais bronché, même lorsque les mains d'Andrea se sont posées sur son ventre et l'ont doucement appuyée contre la jeune femme.

" Hmmmm , je ne sais pas." dit Andrea alors que ses doigts touchaient la dentelle noire. "Ça a l'air magnifique, mais peut-être juste un peu d'ajustement. Je ne suis pas sûr, voyons voir." Elle prit les seins d'Helen en coupe, ses pouces et ses index faisant des cercles qui touchaient les mamelons brun foncé. "Essayons de baisser un peu le soutien-gorge, pour que vos mamelons soient presque visibles."

Regardant attentivement dans le miroir, le regard d'Andrea parcourut le corps de la femme plus âgée. A présent, les yeux d'Helen semblaient légèrement flous. Elle était appuyée contre Andrea, qui déplaçait lentement son corps athlétique élancé contre les courbes pleines qui la touchaient. Ses doigts occupés frottèrent les bords en dentelle du soutien-gorge noir d'avant en arrière sur les mamelons d'Helen, les faisant ressortir. Des pressions douces sous prétexte d'ajuster l'ajustement continuaient à serrer Helen plus près d'elle. Les hanches d'Andrea poussaient légèrement maintenant, comme si elles avaient leur propre esprit.

La respiration des deux femmes s'était accélérée. Andrea pouvait sentir les battements du cœur d'Helen dans sa paume et était sûre que la femme plus âgée pouvait sentir son propre pouls rapide. Elle voulait désespérément embrasser Helen, mais n'était pas sûre que la mère d'Eric autoriserait ce geste des plus intimes, même si son corps commençait à bouger contre celui d'Andrea. Au lieu de cela, elle recula lentement, entraînant Helen avec elle.

"Où allons-nous?" s'enquit Helen d'une voix qui paraissait presque ensommeillée et insouciante.

"Je t'emmène au lit," répondit Andrea.

"Oh." Helen s'arrêta un instant comme si elle luttait pour comprendre ce qu'Andrea disait avant de continuer. « Qu'est-ce qu'on va faire au lit ?

Maintenant, les deux femmes étaient au bord du lit d'Helen. Les lèvres d'Andrea étaient juste contre l'oreille d'Helen. Sa main gauche glissa le long du corps d'Helen, frottant son ventre en cercles plats, le bout des doigts frôlant l'ourlet de la culotte noire. Sa main droite se glissa entre les seins arrondis, jouant avec l'étreinte entre eux.

« Je vais te faire l'amour », murmura la jeune femme.

Le front d'Helen se plissa. "Mais tu es une fille."

« Oui. Est-ce qu'une autre fille t'a déjà embrassé Helen ?

"Non."

Andrea tourna soigneusement Helen pour lui faire face. Sa main droite s'est déplacée juste un tout petit peu plus bas, massant le haut du monticule d'Helen. Elle amena ses lèvres vers celles de la femme plus âgée, les effleurant doucement avant de tracer leur contour avec le bout de sa langue. Helen soupira et Andrea l'embrassa à nouveau, le bout de sa langue glissant dans la bouche d'Helen pendant un moment.

"Maintenant, tu l'as," dit doucement Andrea. Ses doigts se sont tordus et le soutien-gorge d'Helen a libéré ses seins lourds. Andrea fit courir sa langue le long de la mâchoire d'Helen, jusqu'à l'oreille pour chuchoter une fois de plus.

« Est-ce qu'une autre fille a déjà touché tes seins ? Quand Helen secoua la tête, Andrea embrassa le cou de la femme plus âgée, puis fit glisser sa langue jusqu'aux deux orbes pleins devant elle. Elle les prit dans ses mains, appréciant leur plénitude et pressa son visage entre eux. Elle embrassa un mamelon raide, puis glissa sa bouche dessus, buvant autant de la douce poitrine blanche d'Helen qu'elle pouvait remplir sa bouche. Elle le suça, doucement d'abord, puis plus fort alors que de faibles gémissements venaient d'en haut. Elle le relâcha, le laissant presque glisser avant d'attraper le nœud maintenant dur comme le roc entre ses dents.

Légèrement, presque délicatement, Andrea mordit, le mamelon se froissant entre ses dents. Maintenant, les mains d'Helen touchaient ses cheveux et les gémissements étaient plus forts. L'étudiante augmenta légèrement la pression et secoua la tête juste un peu avant de se précipiter vers l'autre sein et de répéter ses actions.

Tandis que les lèvres d'Andrea étaient occupées, ses mains n'étaient pas restées inactives. Ses doigts coururent sur les courbes de la femme plus âgée, traçant le contour des hanches généreuses, rampant autour de l'explorer doucement le fond complet. Un doigt curieux effleura les fesses d'Helen pendant un instant, ce qui provoqua un halètement et une secousse de ces mêmes hanches alors que le bout du doigt touchait momentanément le trou plissé sombre. Puis les mains d'Andrea glissèrent le long de l'arrière des jambes d'Helen, alors même que ses propres genoux commençaient à se déformer, autant à cause de l'excitation que de son envie de passer à l'étape suivante dans sa séduction.

"Oh mon Dieu, Andrea," murmura Helen. « Qu'est-ce que tu me fais ? Tu devrais arrêter. Mais les mots ont été prononcés sans réelle conviction.

Andrea était à genoux maintenant. Ses doigts taquinèrent les points faibles derrière les genoux d'Helen. Elle embrassa le ventre d'Helen, puis le renflement de sa motte avant de lever les yeux une fois de plus.

"Helen," murmura-t-elle, sa voix aussi caressante que ses paumes caressant les mollets de la femme plus âgée. « Est-ce qu'une autre fille t'a déjà embrassé juste ici ? Elle déposa un doux et doux petit baiser sur la culotte noire d'Helen, déjà humide de jus, dont l'arôme donna le vertige à Andrea.

"Nooon, personne," gémit Helen. "Andrea, c'est allé trop loin, non, tu ne devrais pas." Les mains poussèrent les épaules d'Andrea mais sans aucune force. Malgré ses paroles, les jambes devant elle s'écartèrent.

Triomphants, les doigts d'Andrea attrapèrent le haut du bref bout de dentelle recouvrant son but ultime. En un mouvement rapide, elle a tiré la culotte d'Helen le long de ses jambes lisses. Avant même que la femme plus âgée ait pu finir de sortir d'eux, Andrea avait pressé sa bouche affamée contre le buisson bouclé d'Helen. Elle couvrit la chatte de la femme plus âgée et suça, buvant le jus qui coulait déjà. Sa langue expérimentée écarta les lèvres gonflées et lécha joyeusement de haut en bas.

Les mains du jeune coureur agrippèrent le cul mature d'Helen, la pressant plus près. La langue d'Andrea glissa profondément à l'intérieur d'Helen, allant et venant, caressant ses parois intérieures soyeuses. La femme plus âgée a verrouillé ses mains dans les cheveux d'Andrea et a commencé à se battre fort, frottant sa chatte sur le visage de l'étudiante agenouillée.

"Oh mon Dieu oui. S'il te plait Andrea, oh s'il te plait. Je ne savais pas, c'est si bon," haleta Helen alors qu'elle se concentrait sur la langue dardée d'Andrea. La jeune femme sentit son nouvel amant se raidir puis se cambrer. Les doigts dans ses cheveux tiraient si fort que ça faisait presque mal. Andrea s'en fichait, couvrant Helen avec sa bouche ouverte et attendant l'inondation qu'elle espérait sur le point d'apparaître. Elle passa rapidement sa langue contre le clitoris maintenant exposé de la femme qui se tenait au-dessus d'elle. Helen cria presque quand son orgasme la submergea et elle inonda la bouche ouverte serrée contre elle avec son nectar.

Quand Helen a cessé de trembler, elle a soulevé Andrea sur ses pieds et l'a embrassée. Ce baiser n'était pas un simple contact des lèvres et un rapide coup de langue. Helen enferma Andrea dans ses bras et embrassa profondément l'étudiante, sa langue explorant la bouche de la jeune femme. Elle tira Andrea sur le lit et la serra fermement.

"Oh DIEU," haleta Helen, quand sa respiration revint à la normale. "C'était si bon. J'avais si bon goût dans ta bouche. Toi," et elle embrassa à nouveau Andrea alors que la jeune femme se blottit contre son corps mature. "Tu es tellement bon." Son visage s'assombrit un instant, devenant presque sévère. Andrea paniqua un instant avant qu'Helen ne commence à rire, incapable de tenir son visage sinistre.

« Espèce de vilaine, vilaine fille ! Helen se moqua de gronder, sa main glissant le long du dos d'Andrea et sur le petit cul serré là-bas. Allez-vous toujours séduire votre hôtesse quand vous visitez quelque part ?"

"Seulement quand elle est aussi belle que toi," répondit Andrea avec un clin d'œil et un sourire. Faisant correspondre ses actions à ses paroles, Andrea roula sur Helen et les deux femmes recommencèrent. cette fois, à la surprise d'Andrea, Helen a fermement retourné Andrea et les deux femmes sont tombées dans la position classique des soixante-neuf. Helen était un peu incertaine avec sa langue, mais avec le bon encadrement d'Andrea, consistant principalement en des halètements et des gémissements de "Oh oui!" et "Dieu, juste là!", Les deux femmes ont atteint l'orgasme avant longtemps.

Les nouveaux amants se sont installés dans un modèle pour le reste du séjour d'Andrea. Quand Eric et Irene sont sortis, Andrea et Helen se sont câlinés et se sont blottis et se sont tenus la main. Ils s'habillaient, se déshabillaient et passaient de longues heures au lit ensemble. Andrea faisait toujours attention à ne pas être dans le lit d'Helen à l'aube, mais elle était là tous les soirs après que la maison se soit calmée.

Le dernier après-midi, les deux femmes étaient blotties sous le drap, se détendant après une dernière virée shopping et une dernière visite à la boutique de lingerie. Ils parlaient, leurs doigts traçant paresseusement le corps de l'autre.

"Je ne sors pas, pas vraiment, depuis le divorce. Après tout, je suis une mère d'âge moyen qui s'affaisse par endroits. Qu'est-ce que j'ai à offrir ?"

"Ne sois pas stupide," dit Andrea d'un ton sec. L'étudiante s'assit dans le lit, sans se soucier du fait que le drap était tombé du haut de son corps. "Tu es une femme très attirante." Elle sourit. "Vous pouvez être tout à fait sûr que je pense cela."

"Merci très cher." Helen sourit, puis fit un clin d'œil alors que sa paume effleurait le sein exposé d'Andrea. "J'avoue que j'en suis beaucoup plus sûr."

Andrea rit, alors même que ses mamelons répondaient à la brève caresse. "Peut-être que pendant les prochaines vacances, Eric devrait inviter un de ses amis à rester."

"Oh mon Dieu, je ne pourrais pas faire ça. Eh bien, peut-être. Je suis fatigué de dormir seul, mais je ne veux pas être le trophée de quelqu'un, quel que soit son âge."

"Je comprends que." Andréa s'arrêta. "Helen, j'espère que tu vas commencer à sortir dans le monde des rencontres maintenant. Mais, qu'est-ce que tu as fait pour, eh bien, te soulager, depuis le divorce ?"

"Eh bien," Helen rougit, de partout, une couleur qu'Andrea trouvait assez attirante. "Je, euh , tu vois..." La femme plus âgée cessa de bégayer et prit une teinte encore plus rouge alors qu'elle ouvrait le tiroir de la table de chevet et en retirait un gode couleur chair de bonne taille .

"J'utilise ça," dit-elle, essayant d'avoir l'air nonchalante.

"Oh mon dieu," dit Andrea. Ses yeux pétillaient. "Je vois." Elle tendit une main. "Puis-je?"

Helen a hésité un instant, puis a donné le gode à Andrea. La jeune femme le souleva, le tenant devant ses yeux et l'examinant d'un œil critique.

Joli travail », observa-t-elle. « Réaliste. » Elle tira la langue et lécha la tête en forme de champignon. Elle fit semblant d'ignorer le hoquet de surprise étouffé de l'autre côté du lit. « Pas aussi savoureux que le vrai. , mais sympa." Elle prit la tête dans sa bouche, pompant la bite en plastique comme si elle faisait une pipe. Elle changea de position jusqu'à ce qu'elle soit à genoux, ses fesses reposant sur ses talons. Son autre main glissa entre ses jambes.

"Mmmmmmm," gémit Andrea autour du gode. Du coin de l'œil, elle regarda Helen. Le regard de la femme plus âgée était fixé sur Andrea, allant et venant de la bite dans sa bouche aux doigts occupés glissant le long de sa fente ouverte. Les genoux d'Helen se redressèrent. Elle prit un de ses seins pleins et commença à caresser le mamelon déjà raide. Elle tendit son autre main, glissant deux doigts à l'intérieur d'elle-même.

Andrea a libéré le gode de ses lèvres et l'a fait courir sur son corps. Elle encercla ses deux petits seins, appuyant la pointe humide sur ses deux mamelons. Sur son ventre plat, le sexe glissa, laissant une traînée humide. Helen se lécha les lèvres en regardant la jeune femme commencer à frotter le jouet bien aspiré entre les jambes fines, puis dans la chatte de son jeune amant retrouvé.

Andrea poussa un gémissement en entrant elle-même. Lentement, elle a pompé la bite dans et hors d'elle, se déplaçant plus profondément à chaque fois. Helen ferma les yeux, pinçant son mamelon. Sa main s'estompa entre ses jambes, frottant de plus en plus fort le long de sa fente mature. Deux doigts trouvèrent son clitoris gonflé et le massèrent presque frénétiquement. Son dos s'arqua, soulevant ses hanches du lit alors qu'elle se branlait sauvagement.

C'était ce qu'Andrea attendait. En un mouvement rapide, elle a arraché le gode de sa propre chatte. Elle se pencha en avant. Couvrant le sein libre d'Helen avec sa bouche alors même qu'elle plongeait la bite dans l'humidité de son amant mature. Son bras pompa d'avant en arrière, enfonçant le gode dans Helen.

cria Hélène. Ses hanches claquèrent contre Andrea, démontrant que tout ce qu'elle pensait avoir pu perdre, son contrôle musculaire interne était très bien. Elle resserra le sexe en plastique et le retira presque de la main d'Andrea. La jeune athlète a récupéré son emprise et a continué à marteler la chatte d'Helen. Elle a peaufiné son propre clitoris, le grattant aussi vite et aussi fort qu'elle le pouvait, essayant de culminer en même temps qu'Helen. Elle ne l'a pas fait, mais cela n'avait pas d'importance, car l'autre femme était prise dans les affres d'une succession d'orgasmes alors même qu'Andrea elle-même explosait.

Plus tard, des sourires amicaux et des câlins ont été échangés tout autour alors que les trois étudiants ont chargé la voiture d'Eric pour retourner sur le campus. Pas sûr qu'ils trompaient Eric et Irene, Andrea et Helen se sont quittés comme des amis platoniques, avec des baisers sur la joue et des sourires.

Pendant tout le trajet de retour à l'école, et en fait, pour le reste de sa vie, Andrea pensait à Helen et souriait, et parfois elle se posait des questions. Qui a séduit qui exactement cette semaine-là ? Pourquoi Jeff l'a-t-il soudainement invitée chez lui ? Le tout avait-il été mis en place ? Pour quelqu'un qui avait déclaré qu'elle n'avait jamais pensé à une lesbienne, et encore moins fait l'amour avec une autre femme, Helen avait appris à une vitesse incroyable.

Avait-elle été à l'origine de tout cela ? Andrea pouvait presque la voir demander si Jeff connaissait une étudiante lesbienne ou bisexuelle et Jeff répondre "En fait, j'en connais plusieurs." Ou peut-être que Jeff avait vu sa mère regarder d'autres femmes et avait additionné deux et deux, et remué une étudiante qu'il savait intéressée par d'autres femmes. Et peut-être fabriquait-elle un fantasme ridicule.

Et après avoir considéré toutes ces pensées, Andrea les rejetait avec un sourire. Peu importe comment, peu importe pourquoi, peu importe qui. Il importait juste que cela se produise.

Tant pis. Qu'elle ait été la séductrice ou la séduite, l'expérience avait été quelque chose qu'elle n'avait jamais oublié. Ou voulu oublier.

BABY-SITTER

Julia Carraux gravit les marches de la petite maison de briques en retrait de la rue. Elle frappa vivement à la porte tout en consultant sa montre. Bon, elle avait cinq minutes d'avance. La jeune Canadienne de 20 ans aux cheveux noirs rebondit plusieurs fois sur ses orteils, moins d'impatience que d'énergie refoulée.

La porte s'ouvrit et Julia faillit rire alors que le vieil homme digne qui se tenait dans l'embrasure de la porte cligna plusieurs fois des yeux plutôt vide avant de demander « Puis-je vous aider ?

"Salut, Docteur Lake, c'est Julia. Je garde vos petits-enfants ce soir ?"

Le visage de l'homme s'anima. "Oh oui, Julia, s'il te plaît, entre." Il la fit entrer dans le salon. Julia regarda autour d'elle. C'était à peu près ce qu'elle attendait de la place d'un professeur d'université. Des étagères remplies couvraient la plupart des murs. Une table et un bureau semblaient gémir sous les piles de papiers qui les recouvraient. Il désigna un canapé usé mais confortable.

« S'il vous plaît , asseyez- vous Julia. J'ai bien peur que vos protégés ne soient pas encore là. Ma fille et son mari, » Julia nota un air renfrogné sur son visage. moi-même, j'aime vraiment leur compagnie, mais j'ai une réunion de professeurs qui m'a échappé. Voulez-vous un coca ou une tasse de thé ? »

"Merci Docteur Lake , un coca serait bien."

Il revint rapidement et lui tendit un verre froid. "Julia, je tiens à vous remercier d'avoir accepté cela dans un délai aussi court . J'étais à bout de nerfs jusqu'à ce que le professeur Nolam apprenne mon dilemme et vous propose. Elle parle très bien de vous."

Julia sourit. "Le professeur Nolam est une femme merveilleuse. Ses enfants sont adorables, bien qu'un peu difficiles. C'était amusant et j'ai toujours apprécié mon temps avec eux."

"Eh bien, il se trouve que je sais qu'elle et son mari étaient toujours ravis de partir et n'avaient aucun souci à interférer avec leurs soirées ensemble quand vous étiez avec les enfants."

Julia sourit à nouveau. Elle se demanda si le docteur Lake savait exactement comment le professeur et son mari passaient certaines de ces soirées. Elle l'avait découvert une nuit blottie avec sa colocataire Andrea.

« Savez-vous ce que j'ai vu la nuit dernière pendant que vous faisiez du baby-sitting ? la fille du sud des États-Unis avait gloussé de sa voix douce. "Le professeur Nolam était au Rodeo Round-Up Club. Vous n'auriez jamais cru que c'était elle. Elle portait une jupe que ni vous ni moi n'aurions portée, c'était si court. Elle portait un chemisier décolleté qui était si serré que vous pouviez non seulement voir qu'elle n'avait pas de soutien-gorge, mais vous pouviez voir chaque petite bosse sur ses mamelons. Elle portait des collants nude et des bottes à talons hauts. J'ai failli tomber de la cabine dans laquelle j'étais, en fait J'ai dû me cacher derrière Chad Daverling ."

« Je n'arrive pas à y croire », avait répondu Julia. "Professeur Nolam ? Je pensais qu'elle était sortie avec son mari."

"Oh, elle l'était," lui avait assuré sa colocataire. "Je ne l'ai pas reconnu non plus. Il était tout habillé de jeans serrés et de bottes et tout lui-même. Il s'est assis à côté d'elle et a entamé une conversation avec elle, lui a offert un verre et ils ont agi comme s'ils ne se connaissaient même pas. Je vais devoir m'en souvenir. Ça avait l'air vraiment chouette.

"Eh bien," fit un clin d'œil à Julia. "Peut-être que je viendrai te chercher un jour ?"

"Ouais, d'accord," fut la réponse, légèrement étouffée alors qu'Andrea mordillait l'épaule nue de sa colocataire. "Même de nos jours, nous serions probablement lapidés. Et pas le genre amusant de lapider." Ensuite, ils avaient tous les deux oublié le professeur Nolam et son mari, le Rodeo Club et Chad Daverling alors que leurs mains commençaient à se courir dessus. corps.

Julia revint au présent juste au moment où quelqu'un frappa à la porte. Le docteur Lake l'ouvrit pour révéler un couple dans la vingtaine avec deux petites filles, l'une d'environ six ans et l'autre de quatre. Elle a étudié les adultes. La femme était manifestement la fille du docteur Lake. Elle lui ressemblait.

Elle regarda le mari puis revint à la femme. Quelque chose n'allait définitivement pas ici. Ils avaient tous les deux l'air malheureux, bien qu'ils s'efforçaient de le cacher.

"Salut papa." La femme regarda Julia, la curiosité sur le visage.

"Bonjour ma chérie. J'ai bien peur qu'il y ait eu un accroc dans nos plans. Il y a une réunion inattendue des chefs de département ce soir avec le doyen à laquelle je dois absolument assister. Voici Mlle Carraux . Elle était l'une de mes étudiantes le trimestre dernier et a généreusement proposé de garder les enfants lorsque ce conflit a éclaté. Elle est fortement recommandée et m'assure qu'elle surveillera attentivement les enfants et qu'elle n'aura pas de visiteurs.

"Je te le promets," dit Julia avec éclat. "Personne ici sauf moi et mes livres de maths."

En peu de temps, les deux petites filles furent blottis sur le canapé, prêtant une attention particulière à l'écran vacillant de la télévision en noir et blanc. Les parents étaient partis et le docteur Lake montra à Julia où se trouvaient les collations avant d'aller s'habiller. Julia s'est installée entre ses deux protégés et s'est fait des amis.

Lake réapparut, habillé proprement d'un costume et d'une cravate. Julia venait de se lever pour aller chercher de l'eau pour les filles et faillit le croiser en se rendant à la cuisine.

"Docteur Lake, vous avez l'air très bien."

"Merci Julia."

"Je suppose," dit Julia pensivement, "que je devrai réviser certaines de mes hypothèses. Je suppose que j'ai toujours pensé à toi dans ces vestes en tweed avec des patchs en cuir sur les coudes et je t'ai vu essayer de te rappeler où tu es parti le plan de la conférence du jour. Mais ce n'est qu'un côté de vous.

Le docteur Lake éclata de rire. Julia appréciait son rire, il était brillant et joyeux. Elle se souvenait de lui comme tellement plus discret en classe.

"Julia, je suis sûr qu'à ton âge, tu es tout à fait sûr que n'importe qui de mon âge, et un professeur d'université en plus, doit être confus et plutôt perdu dans le meilleur des cas. Je suis sûr que j'ai fait cette impression quand tu as d'abord J'avoue que je suis plutôt installé et qu'une pause dans ma routine a tendance à me faire dériver. Mais je ne suis pas aussi perdu que vous auriez pu le penser.

"Eh bien, je m'excuse, docteur Lake."

"Pas besoin ma chérie. J'aime plutôt le rôle que la vie m'a donné à jouer. J'aime aussi parfois m'en sortir."

La soirée passa vite. Julia a mis les filles au lit dans la chambre d'amis, une histoire et une chanson douce les ont endormies. Elle étala ses livres sur la table de la cuisine et s'absorba dans ses études. De temps en temps, elle se libérait et retournait dans la chambre pour vérifier ses charges.

Julia était presque surprise du temps qui s'était écoulé lorsque les parents sont revenus. Ils avaient l'air un peu bien, pas plus heureux, mais plus détendus l'un avec l'autre. Il semblait toujours y avoir une pointe dans leur conversation qui mettait Julia légèrement mal à l'aise, comme si elle entrevoyait quelque chose qu'elle ne devrait pas. Pourtant, les sourires heureux qu'ils donnaient tous les deux à leurs enfants endormis la rassuraient.

Ils remerciaient encore Julia lorsque le docteur Lake arriva à la maison. Il a parlé à sa fille, a embrassé ses petits-enfants et leur a fait signe de la main jusqu'à ce qu'ils disparaissent. Il est venu dans la maison et a payé à Julia le montant convenu, et a ajouté un peu plus.

"Vous l'avez vraiment mérité", a-t-il déclaré. "Les petits t'aimaient beaucoup. Les câlins qu'ils t'ont donnés en étaient la preuve."

"Ce sont des enfants merveilleux et je les ai tellement appréciés que j'aurais presque pu rester avec eux gratuitement." Julia éclata de rire. "Mais je suis content de l'argent."

Julia rassembla ses livres et ses papiers fourrés dans le sac à bandoulière caverneux qu'elle utilisait pour tout transporter. Elle scanna une fois de plus le salon pour s'assurer qu'elle n'avait rien oublié. Ne voyant rien de ce qui lui appartenait, elle alla dans la cuisine dire bonsoir à son employeur.

Le docteur Lake regardait par la fenêtre. Son regard n'était pas fixé sur la nuit. Il semblait plus âgé, ses épaules un peu plus affaissées. Et fatigué. La jeune femme sensible sentit un sentiment de lassitude venir de lui.

« Docteur Lake ? Ça va ? Hésitante, elle posa sa main sur son bras.

« Oh , je vais bien, ma chérie. Toujours en regardant par la fenêtre, il tapota sa main avec la sienne. "Les choses semblent parfois écrasantes. Lorsque vous vous retrouvez sur la pente descendante de la vie, les choses que vous pouviez ignorer quand vous étiez plus jeune semblent avoir beaucoup plus de poids."

« Est-ce que ça a quelque chose à voir avec votre fille et son mari ? Je ne suis pas curieuse », s'empressa d'ajouter Julia. "Eh bien, pas grand-chose de toute façon. J'ai juste ressenti de très mauvaises vibrations quand ils étaient ici."

"Eh bien, oui. Ils ont déposé les filles pour qu'elles puissent aller consulter. Le mariage est difficile. J'ai bien peur que ce soit en partie de ma faute. Je n'ai jamais pensé qu'Alan était assez bien pour ma fille, et je suis sûr que je "Je l'ai montré au fil des ans. Bien sûr, j'aurais probablement ressenti cela pour n'importe quel gars." Il se tourna vers Julia et lui adressa un sourire en coin. "Tout comme je suis sûr que ton père a probablement pensé à n'importe quel jeune homme que tu as ramené à la maison."

"Eh bien, oui," rit Julia. "Je suppose que tous les papas sont protecteurs." Elle s'est assagi. « C'est encore plus que ça, Docteur Lake. Qu'est-ce qui vous fait vous sentir comme vous le faites en ce moment ?

Ses yeux reprirent le regard lointain. « C'est Jean. D'une manière ou d'une autre , il sentit plus qu'il ne vit son regard perplexe. "Ma femme. Cette semaine, cela fera quatre ans que je l'ai perdue. Cancer."

"Je suis tellement désolée," dit doucement Julia.

La sincérité de la jeune femme était évidente pour l'homme plus âgé. Il lui serra la main. "Merci. Je me sens très seul depuis qu'elle est partie. Cependant," il regarda Julia, "J'espère que tu as autant de chance que moi dans le choix de la personne avec qui tu passeras ta vie. Les souvenirs sont très échauffement." Le docteur Lake détourna à nouveau les yeux. "N'aie pas peur de la vie Julia. Bien que je sois très triste cette nuit, ce serait infiniment pire si je n'avais jamais eu ces années avec Jean."

Julia regarda l'homme plus âgé sous un tout nouveau jour maintenant. Son cœur est allé à cet homme solitaire. En même temps, elle s'est rendu compte que 54 n'équivalait pas à "Over-the-hill". Peut-être était-il un peu sédentaire, mais il n'était pas gros, et le bras qu'elle touchait avait encore des muscles. En fait, ses cheveux gris ont ajouté à son attrait.

Appel? Oui, elle a décidé.

Julia a chuchoté, "Docteur Lake?" Quand il se tourna vers elle, elle mit ses mains autour de son cou. Debout sur la pointe des pieds, elle l'embrassa. Pris par surprise, sa bouche s'ouvrit et elle glissa sa langue entre ses lèvres.

Pendant un long moment, les deux restèrent ensemble. Puis l'homme rompit le baiser. " Julia !" Il s'est excalmé. "Que faites-vous?"

Les yeux de la jeune femme pétillèrent. "Je pensais que c'était plutôt évident ce que je faisais." Elle tendit la main et fit courir ses doigts sur le renflement de son pantalon. "On dirait qu'une partie de toi est bien consciente de ce que je fais."

Avalant difficilement, Lake réussit à éloigner les doigts de Julia de sa bite qui durcissait régulièrement. "Maintenant Julia, je ne peux pas dire que je ne suis pas flatté, et extrêmement tenté, mais ce n'est pas juste. Tu es une étudiante et je suis ton professeur." Il s'arrêta alors que Julia reculait de deux pas. Se penchant, elle attrapa l'ourlet de sa blouse de paysanne et la passa par-dessus sa tête. Ses seins sortaient tout droit de son corps, petits mais parfaitement arrondis. Deux mamelons roses durs les ont basculés.

"C'était le dernier trimestre." Julia se baissa, détacha ses sandales et les repoussa. "Ce trimestre, je suis juste ta baby-sitter." Il regarda, incrédule, alors que ses doigts se détachaient et dézippaient son short. "Et je suis un adulte, pas un enfant, docteur Lake." Le short glissa le long de ses jambes bronzées. Elle en sortit, la laissant seulement dans une paire de culottes en coton bleu. Elle prit un sein en coupe et le lui offrit.

Il y eut un moment d'hésitation. Tout à coup, Lake parcourut la distance qui les séparait d'une seule enjambée. Un bras l'entoura, la main pressée contre le milieu de son dos. L'autre main agrippa ses fesses. Il souleva son petit corps dans les airs avec une surprenante démonstration de force. Avec un grognement, il enfouit son visage entre ses seins.

Julia haleta. Elle arqua le dos alors que sa bouche couvrait son sein droit, le suçant alors même que sa langue tourbillonnait sur le mamelon. Il serra son cul, ses doigts forts fléchissant contre les joues raffermies par des heures de cheerleading et d'exercice.

La soulevant dans les airs, Lake la porta dans le couloir, sa bouche toujours verrouillée sur sa poitrine. Julia enroula ses bras autour de son cou alors qu'ils se dirigeaient vers l'autre chambre. Atteignant le lit double, il se pencha, l'allongeant sur les couvertures. Elle se baissa, poussant sa culotte vers le bas, tirant une jambe vers le haut et hors d'elle et finalement la rejetant avec les orteils de son autre pied.

Lake se tenait au-dessus d'elle, ses yeux parcourant son corps ferme. Elle appréciait son regard brûlant, levant les bras au-dessus de sa tête et se tortillant de façon séduisante sur le lit. Il a jeté ses vêtements, révélant un corps que ses cinq décennies et plus avaient très bien traité.

Alors qu'il défaisait sa ceinture et dégrafait son pantalon, Julia roula vers lui, se retrouvant sur le ventre, le visage vers lui. Elle tendit la main, tirant son pantalon et son short vers le bas. Quand sa queue apparut , elle l'engloutit dans sa bouche en un mouvement rapide.

Les yeux de Lake s'agrandirent. "Oh mon Dieu, Julia !" Il se tenait presque impuissant alors que la jeune femme agile s'étalait devant lui, sa tête se balançant déjà alors que ses lèvres glissaient de haut en bas sur sa queue. Elle prit ses couilles en coupe, les tenant dans sa main, ses doigts les caressant et donnant les plus petites pressions.

Cela a dû être long pour le professeur. Julia le sentait déjà commencer à gonfler. Elle a poussé sa tête jusqu'à ce que son nez touche son aine et augmente la succion. Son sac à balles se resserra et ses mains tombèrent sur sa tête, ses doigts se verrouillant dans ses cheveux noirs coupés courts. Puis sa bouche se remplit de liquide chaud alors que ses couilles se vidaient de leur charge. Elle déglutit, laissant son sperme couler dans sa gorge.

Son sexe s'affaissa dans sa bouche. Elle le relâcha mais commença à faire courir sa langue le long de sa longueur rétrécie pendant une minute. Puis elle glissa sur le côté et sur le lit jusqu'à ce qu'elle se soit appuyée sur la tête de lit, deux oreillers sous son dos.

« Vous ne me rejoignez pas, docteur Lake ?

"Oh Julia, je suis désolé. Ça fait tellement longtemps et je..." Les mots de Lake s'estompèrent tandis que Julia étendait une jambe galbée puis tirait l'autre, exposant sa touffe de cheveux. Des gouttelettes se sont accrochées aux cheveux fins. Elle prit sa poitrine en coupe, puis glissa sa main sur son ventre plat et entre ses jambes. Un doigt écarta ses lèvres et elle commença à se taquiner avec des touches rapides. Un deuxième doigt rejoignit le premier et elle se pencha en arrière, sa chatte ouverte à sa vue et à ses caresses.

Les yeux de Julia se fermèrent. Les doigts de sa main se refermèrent sur son mamelon et commencèrent à le rouler et à le tirer. Son autre main frottait de haut en bas sa fente. Au sommet, elle s'arrêtait et encerclait son clitoris sans capuchon avant que sa main ne descende. Lake réussit à détourner ses yeux d'elle et baissa les yeux pour voir sa queue se raidir à nouveau. Il grimpa sur le lit, ses yeux une fois de plus fixés sur l'étudiante bien faite alors qu'elle se masturbait.

L'étudiante sentit le lit bouger et se sourit à elle-même. Ses yeux s'ouvrirent alors que sa respiration s'accélérait et elle commença à encercler son clitoris et en même temps à tirer fort et à tordre son mamelon. Puis, juste avant d'atteindre le point de non-retour, elle s'arrêta, tendit la main et attira le professeur vers elle. Tombant presque dans sa hâte de l'atteindre, son corps vint s'immobiliser à côté d'elle.

Julia poussa Lake sur son dos et grimpa sur lui. À califourchon sur lui, elle se dressa sur ses genoux, ses doigts parcourant la masse de cheveux recouvrant sa poitrine. Il a atteint entre eux, guidant la tête de sa bite entre ses lèvres d'attente. Elle se baissa, ses yeux se fermant alors qu'il se glissait en elle.

Elle se prépara, se déplaçant lentement sur la bite de Lake. D'une certaine manière, cela semblait devoir être lent et doux. Elle fléchit les genoux, se levant et s'abaissant. Ses yeux restèrent fermés alors que l'homme sous elle bougeait en rythme avec elle.

Les mains de Lake caressèrent ses hanches et le long de ses cuisses. Les yeux de Julia s'ouvrirent lorsqu'elle l'entendit gémir doucement.

"Oh Jean, Jean, Jean."

Les yeux de Julia s'embuèrent. Les yeux de Lake étaient fermés maintenant. La jeune femme réalisa qu'il l'appelait par le nom de sa défunte épouse, se laissant imaginer qu'il était avec elle. Penchée en avant, elle s'appuya contre sa poitrine, sa tête sur son épaule. Ses puissants muscles de la jambe ont continué à se balancer sur son arbre. Ses bras passèrent sous lui, ses mains glissant jusqu'à ses omoplates.

"Oh mon Dieu, Jean, tu m'as tellement manqué."

Julia refoula les larmes qui menaçaient de l'aveugler. Quel était le prénom du docteur Lake ? Don, non, Dan. C'était ça.

"Tu m'as manqué aussi Dan." Sentant son corps se raidir, elle le serra contre lui. « Ça va Dan, ça va. Fais-moi l' amour Dan. Fais l'amour à Jean.

Dan hocha la tête sans un mot. Tendrement, il poussa l'étudiante sur son dos, alors qu'il restait à l'intérieur d'elle. Il couvrit son corps avec le sien, ses hanches bougeant lentement. Elle écarta les jambes, pliant les genoux et calant ses pieds sur les couvertures, bougeant à l'unisson avec lui. Il déversa des baisers sur son cou et ses épaules alors qu'il se déplaçait plus vite, à bout de souffle.

Julia a déménagé sous son amant plus âgé. Elle enroula ses bras autour de lui puis jeta une jambe sur la sienne. Son poids la cloua au lit alors qu'il se perdait en elle. Ils se serraient l'un contre l'autre alors que seules les hanches bougeaient d'avant en arrière. Les mamelons durs de ses petits seins saillants pressaient contre sa poitrine. Julia cria alors qu'il semblait aller de plus en plus loin en elle. Se déplaçant comme un seul, ils chevauchaient jusqu'à l'orgasme.

Les corps moulés ont ralenti puis se sont arrêtés. Alors que Dan se retirait d'elle, Julia sentit l'humidité collante de son sperme couler de son corps. Le montant qu'il avait en quelque sorte rassemblé après son premier orgasme était surprenant. Elle gloussa presque mais se retint, sachant que cela briserait l'humeur contrariée de l'homme plus âgé.

Ils s'entrechoquèrent jusqu'à ce qu'elle sente à sa respiration détendue qu'il s'était endormi. Elle glissa du lit et trouva ses vêtements et s'habilla. Elle venait de ramasser son sac lorsque le docteur Lake apparut dans le salon, un drap enroulé autour de sa taille.

"Merci." Ses yeux fouillèrent son visage. "Je ne sais pas pourquoi tu as fait ce que tu as fait, mais merci. Pas seulement pour le sexe, mais pour l'autre."

"De rien." Julia sourit. "Et ce n'est pas comme si j'avais prévu quoi que ce soit de tout cela, ni comme si je ne m'amusais pas vraiment."

Elle s'avança vers lui, se dressa sur la pointe des pieds et l'embrassa sur la joue. "Dors bien cette nuit. Peut-être que les choses ne sont pas aussi écrasantes maintenant." Elle se retourna et partit, fermant la porte derrière elle.

Alors qu'elle montait les marches menant à son dortoir, Julia eut soudain un sourire malicieux alors qu'une idée très coquine lui traversait l'esprit. Elle se dépêcha, se demandant si sa colocataire était à la maison, et seule. Une chose à propos d'Andrea, elle était à peu près insensible aux chocs et Julia ne pensait pas qu'elle aurait beaucoup de mal à la persuader de l'accompagner. Si le docteur Lake pouvait être aussi excité qu'il l'avait fait en la regardant se toucher, elle se demandait à quel point il pourrait devenir raide s'il était présenté avec deux jeunes femmes se touchant et se touchant.

Peut-être qu'une autre nuit, elle le découvrirait.

UNE MAISON SUR LA PLAGE

CHAPITRE 1

"Ouihaaaaaa!" hurla Julia Carraux alors qu'elle descendait les marches du dortoir, un son qui résonnait dans tout le campus universitaire tentaculaire alors que les étudiants célébraient la fin du trimestre de printemps. Ouvrant brusquement la portière du passager de la Dodge Dart cabossée devant elle, elle jeta les sacs qu'elle transportait sur le siège arrière. Sautant sur le siège avant, elle ferma la portière et regarda le chauffeur.

"Allons-y!" demanda l'étudiante aux cheveux noirs.

"Votre souhait, belle jeune fille, est mon ordre", a répondu la colocataire de Julia, Andrea Martin.

« Combien de temps cela va-t-il nous prendre pour y arriver ? demanda Julia.

"Nous y arriverons avant la nuit."

« Et les autres ? Julia enleva ses chaussures de tennis et se recroquevilla sur le siège.

"Ils nous retrouveront là-bas. La carte est dans la boîte à gants au fait. Essayez de ne pas nous perdre."

« Pourquoi appellent-ils cela la « boîte à gants » ? »

« Mon Dieu, Julia, comment le saurais-je ?

Cela allait être amusant. David Woods et sa petite amie Beth Robley, camarades étudiants en théâtre d'Andrea, avaient trouvé une vieille maison de campagne à louer sur le rivage. Deux cents dollars par semaine était un gros morceau au milieu des années 90, alors ils avaient cherché d'autres personnes pour partager le coût. Deux amis masculins, Brian Wright et Stan Thompson s'étaient inscrits, tout comme Sherri Middleton et Laurie Daniels. Tous se connaissaient et s'entendaient tous. Leur location fonctionnait en fait du samedi au samedi, mais le propriétaire avait dit à Dan qu'il n'avait aucun problème à ce qu'ils descendent le vendredi car personne n'était actuellement dans la maison. Le groupe avait été si heureux qu'il avait creusé assez profondément pour se permettre de rester deux semaines.

Les deux filles s'installèrent pour le voyage. Julia ouvrit le boîtier d'Andrea et inséra une cartouche 8 pistes dans le lecteur. Elle appuya ses pieds sur le tableau de bord tandis que le son d'une des comédies musicales d'Andrea à Broadway passait par les haut-parleurs.

Un, deux, trois, quatre », chantonna-t-elle en tapant du pied gauche. « Cinq, six, sept, huit », suivit le droit.

Andréa sourit. Son amie a toujours affirmé que la raison pour laquelle elle pouvait si bien performer en tant que pom-pom girl et danseuse était parce qu'elle mettait la musique et les mouvements dans des formules mathématiques. Eh bien, quoi que ce soit, ça a marché. Andrea avait failli tomber plus d'une fois lors d'une rencontre d'athlétisme parce que son attention était attirée par le corps qui se balançait de sa colocataire et amant. En fait, elle a eu un peu de temps à garder les yeux sur la route. Les finales pour eux deux avaient été difficiles et les empêchaient de faire bien plus au lit ensemble que de simplement dormir quand l'occasion se présentait.

Le trajet a duré des heures, mais les filles l'ont apprécié, échangeant de temps en temps des chauffeurs et gardant la musique en marche. Ils avaient apporté une glacière avec des boissons non alcoolisées et des sandwichs, s'arrêtant une fois dans un parc en bordure de route pour pique-niquer. Ils avaient également apprécié l'attention passionnée que leur accordait une cargaison de collégiens du Nord, mais ils avaient décidé d'accepter l'invitation du groupe à partir quelque part dans les buissons. Les gars avaient été gentils sur leur refus et leur avaient offert un pack de six bières "pour la route".

C'était à peu près au crépuscule quand les filles se sont balancées sur l'île. Julia leva les yeux vers les panneaux de signalisation et vers le bas les indications et s'éclaira. Elle a donné des ordres de tir rapide qu'Andrea a suivis jusqu'à ce qu'ils s'arrêtent devant une vieille maison à deux étages.

« Il y a la voiture de Dan. Andrea s'arrêta dans la cour latérale à côté de l'autre véhicule et se gara. Au moment où ils sont sortis de la voiture, Beth se tenait sur le porche et leur faisait signe.

"Entrez! Vous allez adorer cet endroit."

Andrea et Julia ont attrapé leurs sacs et ont suivi Beth dans la maison. Les deux filles cligna des yeux et partagèrent un long "Ohhhhhhhh" alors qu'elles se tenaient dans le couloir.

"La maison date d'avant le début du siècle." David a rejoint les trois filles. « Ce n'est pas génial ? »

Les trois filles ont accepté. Beth avait déjà vu la maison mais Andrea et Julia traversèrent lentement l'étage inférieur, admirant les hauts plafonds, le plâtrage et les boiseries artisanales des portes, des lambris et des sols.

"C'est magnifique!" s'exclama Julia.

"Oui." David sourit. "Cet endroit appartient à un ami de mon père, c'est ainsi que nous avons pu le louer. Nous devrons aborder quelques règles de base plus tard, quand tout le monde sera là. En attendant, il y a quatre chambres à l'étage et vous voudrez peut-être pour en choisir un. Beth et moi avons celui qui est le plus éloigné des escaliers, mais vous êtes le bienvenu dans l'un des trois autres. Un sourire tira ses lèvres. "Je suppose que vous voudriez vivre ensemble, à moins que l'un de vous ait développé quelque chose de récent avec Brian ou Stan."

Andréa éclata de rire. "Non." Elle a fait un clin d'œil. "Mais qui sait ce que l'avenir nous réserve ?"

Le couple grimpa l'escalier et commença à examiner la chambre. Julia était en faveur de celle à côté de la chambre de David et Beth car elle était la plus proche de la salle de bain. Andrea a souligné que c'était assez petit et qu'ils devraient regarder les deux autres avant de prendre une décision.

Julia étudiait la chambre voisine. Il y avait un inconvénient qu'elle remarqua immédiatement qu'il partageait avec le premier. Lits jumeaux. Certes, ils les avaient dans leur dortoir, mais elle et Andrea les avaient depuis longtemps rapprochés. Même les nuits où le couple n'avait pas de relations sexuelles, ils préféraient tous les deux dormir près l'un de l'autre. C'était confortable.

"Julia, viens ici," la voix d'Andrea résonna dans le couloir. Suivant la voix de son amie, la jeune Canadienne s'est retrouvée dans une chambre d'angle, sa colocataire ouvrant les fenêtres et dansant presque autour d'un immense lit, recouvert d'une couette fleurie.

"Regarde ça," chanta Andrea, traînant Julia jusqu'à la fenêtre de devant. "Il y a la plage juste en bas. Et nous ne sommes peut-être pas près de la salle de bain mais nous sommes juste en haut des escaliers. C'est parfait !"

Les filles se sont précipitées pour récupérer leurs bagages et ont réclamé la chambre pour elles-mêmes. Peu de temps après, les quatre autres sont arrivés, ayant conduit deux voitures mais convoyés ensemble. Tout le monde s'installa puis se dirigea vers le petit salon dans le coin avant de la maison.

Tout le monde prit place pendant que David expliquait les règles de la maison. Ils étaient assez simples. Gardez tout propre et propre, pas de médicaments, pas de dégâts. Le réfrigérateur contenait quelques articles mais ils devraient le stocker en groupe. Des dispositions ont été prises pour laver la vaisselle, cuisiner et faire les courses. Le dépôt habituel sur la maison était le double de ce qu'ils payaient, mais parce que David était connu du propriétaire, il leur avait permis de le sauter sur la promesse solennelle de David qu'ils se comporteraient. Ils étaient tous d'accord, du moins en ce qui concernait la maison. La façon dont ils se comportaient les uns avec les autres était bien sûr une autre histoire.

David leur a également montré la plage ci-dessous. Ils avaient un accès illimité aux parties publiques, qui comprenaient d'ailleurs un grand foyer à quelques centaines de mètres d'où ils pouvaient accéder au sable. Mais il y avait des sections privées à trouver s'ils parcouraient assez loin et celles-ci devaient être évitées. Il fit un petit sourire en faisant remarquer que la maison la plus proche était à une certaine distance et que s'ils réduisaient les choses à un rugissement sourd, ils ne dérangeraient personne.

Ce soir-là, le groupe s'est régalé de pizza et de bière dans le salon. Avec attention. Ils se détendirent et écoutèrent la musique du magnétophone à bobines que Stan avait installé. il y avait une surprise pour Andrea. Julia avait fait un enregistrement de la production théâtrale du groupe "Once Upon a Mattress". Normalement, Andrea travaillait dans les coulisses ou dans des petits rôles, mais le rôle de la princesse Winifred appelait à l'athlétisme et elle avait été choisie pour le rôle. Elle avait adoré et était touchée que son amie l'ait enregistré pour elle.

Quand les chansons d'Andrea sont arrivées, tout le groupe les a entonnées. Andrea s'est laissé emporter et a reconstitué la scène de danse de "The Spanish Panic". Julia bondit et dansa avec elle, puis les autres se joignirent à eux car ils avaient tous travaillé sur la production. À bout de souffle et en riant, ils retombèrent tous sur leurs sièges après la fin de la musique.

Brian a produit sa guitare et ils ont tous chanté les chansons folkloriques qui faisaient tellement partie de l'époque. Alors que la soirée avançait, Sherri se déplaça pour s'asseoir à côté de Brian et Laurie partagea le canapé avec Stan. David était assis sur le sol, le dos contre ce même canapé et Beth blottie contre lui. Et pas un seul sourcil n'a été levé alors qu'Andrea et Julia partageaient un grand fauteuil orange trop rembourré, Julia étant pratiquement assise sur les genoux d'Andrea.

Le groupe de théâtre avait une solide réputation parmi la population étudiante générale pour être sauvage. Julia avait découvert que la réputation était extrêmement exagérée. Oui, ils aimaient faire la fête, mais comparés à la fête banale de la fraternité, ils étaient fondamentalement calmes. Bien sûr, les gens se saoulaient et les gens se défonçaient et les couples s'éclipsaient souvent. Mais il n'y a jamais eu de corps éparpillés un peu partout en train de vomir ou à moitié habillés ou quelqu'un criant "Regarde-moi ! Je peux avaler un pack de six entier sans respirer !" Au lieu de cela, la fête était douce, détendue et amusante. Finalement, le chant s'est estompé et les couples ont commencé à dériver à l'étage. David a annoncé qu'il décrocherait et éteindrait tout.

Les deux filles bâillaient en se préparant à aller au lit. Tous deux avaient tendance à ne dormir qu'en t-shirt long. Andrea était prête en premier. Elle se tenait près d'une des fenêtres ouvertes, les mains sur les hanches.

"Qu'en pensez-vous ? Fermé, ouvert ou peut-être à mi-chemin ?"

"Hmmm," dit Julia en se glissant derrière la plus grande fille. Glissant ses bras autour de la taille d'Andrea, elle se mit sur la pointe des pieds et chuchota à l'oreille de sa colocataire. "Je dirais cependant que vous pensez qu'ils devraient être réglés." Les mains de Julia se sont baissées, attrapant la chemise d'Andrea par l'ourlet et la tirant vers le haut. "Gardez à l'esprit que vous allez être nu tôt le matin." Elle finit de tirer la chemise par-dessus la tête d'Andrea et la jeta de côté.

Andrea s'appuya contre sa meilleure amie et tendit la main. D'une manière ou d'une autre, elle n'était pas du tout surprise de découvrir que Julia était elle-même nue. Elle tourna la tête, essayant de capturer les lèvres de Julia. Sa colocataire gloussa et se mit sur la pointe des pieds pour qu'elle puisse chuchoter à l'oreille de l'autre fille. "Je vous ai maintenant." Les mains de Julia encerclèrent Andrea et prirent ses seins en coupe. Déjà en train de durcir, les mamelons de la plus grande fille ont répondu alors même que Julia fermait ses index et ses pouces et commençait à jouer avec eux.

« En effet », répondit Andrea en pliant légèrement les genoux, pour mieux frotter son cul contre la chatte humide d'Andrea. "Alors qu'est-ce que tu as en tête maintenant que tu fais?"

La fille aux cheveux noirs rit et fit tourner son amie. Faisant pleuvoir des baisers sur le visage de l'autre fille, Julia la poussa en arrière jusqu'à ce qu'elles tombent toutes les deux sur l'immense lit de plumes, dont Julia avait déjà rabattu les couvertures. Les deux filles roulèrent d'avant en arrière mais Julia maintint avec détermination le dessus et la position supérieure jusqu'à ce qu'elles s'immobilisent avec la pom-pom girl assise fermement sur les cuisses du coureur et ses mains tenant les poignets d'Andrea.

"Dites, c'est bien", sourit Julia en rebondissant sur le corps de sa colocataire.

"Pas juste," répondit Andrea, dont la réplique se transforma en un halètement lorsque l'autre fille se pencha et serra sa bouche sur un petit sein ferme. Tout ce que Julia aurait pu dire était étouffé alors qu'elle s'efforçait d'inhaler tout ce sein, tandis que ses doigts se glissaient sur le ventre plat et entre les jambes d'Andrea. Travaillant à partir d'une longue expérience du corps de son amie, Julia glissa deux doigts à l'intérieur d'Andrea et son pouce plongea sous la capuche protectrice et caressa doucement le dur nœud là-bas.

Andrea se débattit sous le toucher de sa colocataire. Une longue expérience les uns avec les autres leur avait permis de savoir comment rendre l'autre fou. Avec Andrea, ce n'était pas toujours exactement ce qu'elle faisait, même si elle savait très bien stimuler son amie. C'était comme ça qu'elle faisait. Andrea était parfois plus excitée lorsque Julia était agressive et prenait fermement les devants dans leur relation amoureuse. Andrea ne le savait pas encore, mais Julia avait un plan secret pour un jour attacher sa colocataire au lit et lui faire l'amour. En fait, elle pensait qu'avant la fin, ces vacances seraient parfaites. Ce lit à baldaquin serait idéal.

Julia a glissé plus bas sur le corps sous elle. Elle tira ses jambes entre celles d'Andrea et attrapa ces longues jambes et les souleva suffisamment pour qu'elle puisse s'écraser contre Andrea. Une fois, deux fois, trois fois, elle a giflé sa chatte contre celle de l'autre fille avant de laisser tomber les jambes d'Andrea et de tomber la tête la première dans la chatte de sa colocataire.

"Oh mon Dieu, ce n'est vraiment pas juste, Julia," gémit Andrea en regardant les cheveux noirs ébouriffés entre ses jambes qui étaient tout ce qu'elle pouvait voir de la tête de Julia. Elle se mordit presque la lèvre alors que la langue de Julia se glissait à l'intérieur d'elle et s'enroulait le long de ses parois intérieures avant de ressortir à nouveau. Un doux rire vint d'en bas et Andrea frissonna au souffle de Julia sur sa chatte humide.

"Don't qu'allez vous faire à propos de cela?" railla Julia, avant de pincer les lèvres et de souffler sur les boucles brunes trempées de sa petite amie.

"CETTE!" grogna la brune, qui s'assit, se pencha et attrapa les hanches de son amant. Julia a saisi le cul d'Andrea et s'est accrochée alors même que la plus grande fille tournait son corps jusqu'à ce qu'elles soient toutes les deux dans la position classique du 69.

"Maintenant, c'est mieux" souffla Andrea, alors même qu'elle tirait le buisson soigneusement taillé de Julia sur son visage levé.

« Oh bon sang, oui », acquiesça l'autre fille. Puis les mots sont devenus muets à mesure que les lèvres et les langues trouvaient d'autres choses pour les occuper. Julia passa ses mains à l'intérieur des cuisses d'Andrea, écartant largement les jambes et caressant ces cuisses et ces mollets fermes tandis que sa langue écartait les lèvres devant elle et commençait à laper de haut en bas. Andrea prit le petit cul serré de Julia et le pressa en rythme avec la poussée de sa langue dans et hors de la chatte de Julia.

La tête d'Andrea bougea de haut en bas alors qu'elle léchait et lapait la fente largement ouverte sous elle. Elle courba ses doigts et fit glisser ses ongles le long de la peau lisse sous eux. Elle les a coupés courts, mais il y en avait assez pour faire trembler les jambes d'Andrea sous leur toucher glissant, les jus coulaient librement alors que la plus grande fille se tordait et se tournait sous son amant.

Andrea n'a cependant pas perdu la tête. Elle a poussé son visage profondément dans la chatte tout aussi trempée de Julia, sa langue roulée enfoncée profondément à l'intérieur de la pom-pom girl. Sa bouche chercha et prit les lèvres gonflées de Julia et les suça durement.

Le lit grinça de façon alarmante, secouant d'avant en arrière alors que les deux filles se fouettaient l'une l'autre. Ils ont ignoré les sons. Les mains d'Andrea ont commencé à frotter puis à taper sur le cul de Julia. La fille du dessus passa un doigt à côté de sa langue aplatie occupée, puis l'appuya contre la rose cachée d'Andrea. En réponse, la fille du bas se cabra sauvagement, ses hanches se soulevant et tombant et offrant à Julia l'occasion parfaite de pénétrer le cul de sa colocataire.

Se tortillant sauvagement sous le doigt et la langue de Julia, Andrea a cherché et trouvé la perle dure sans capuchon de Julia et a commencé à la fouetter sauvagement. Les coups de langue de Julia s'accélérèrent jusqu'à ce qu'elle ait complètement ouvert la fente d'Andrea. Au sommet de chaque passe, elle agita sa langue sur le clitoris d'Andrea en retour. Les deux filles s'appelèrent, leurs cris étouffés dans la chatte l'une de l'autre. Julia a pompé son doigt dans et hors du cul d'Andrea, qui a enfoncé ses doigts dans les joues de Julia, chevauchant la langue de la pom-pom girl et son propre orgasme croissant.

Chaque fille a poussé l'autre par-dessus bord. Les cris ont été noyés dans des flots de nectar de fille. Ils ont chacun abandonné les prises et les doigtés pour enrouler leurs bras autour de l'autre et se tenir pendant que chacun d'eux buvait à la fontaine de l'autre. Finalement leurs corps se détendirent et ils se libérèrent. Julia a grimpé sur le lit et le duo s'est blotti l'un contre l'autre, échangeant de doux baisers et rigolant en léchant leur propre jus sur le visage de l'autre.

« Ouf, cette brise est agréable », bâilla Andrea alors que les rideaux transparents de chaque côté de la fenêtre donnant sur la plage flottaient.

"Mmmm oui, bien que je parie que demain matin nous serons heureux d'avoir cette couette." Julia répondit alors qu'elle posait sa tête sur l'épaule de l'autre fille, son bras sur le ventre plat de la coureuse. Elle drapa une jambe sur Andrea, leva la tête pour un baiser de bonne nuit et s'endormit. Andréa a suivi.

Le lendemain matin, Andrea se réveilla avec le premier rayon de soleil traversant les rideaux. Elle se dégagea doucement de Julia et se glissa sous les couvertures que les deux filles s'étaient en effet enfilées pendant la nuit. La fille bâillante se dirigea vers les fenêtres et les baissa, grimaçant aux grincements qu'elles produisaient. Andrea a enfilé un short et un soutien-gorge de sport avant de ramasser ses chaussures de course et son sweat-shirt avec le logo de l'équipe de piste. Se penchant, elle embrassa Julia sur la joue et se glissa hors de la pièce et descendit les escaliers.

Andrea ferma la porte d'entrée et prit une profonde inspiration de l'air du matin. Même à cette heure, il n'y avait qu'un léger zeste de fraîcheur. Elle enfila son sweat-shirt, s'assit sur un banc sous le porche et enfila ses baskets. Le jeune athlète regarda la route séparant la rangée de maisons de la plage. Sur un coup de tête, elle a décidé de courir sur la plage elle-même.

En descendant les marches, elle trouva la promenade qui partait du parking de l'autre côté de la route qui menait à la plage. Le sable y était ferme et encore humide à cause de la marée descendante. Andrea s'étira, travaillant le matin et relâchant son corps. Elle jeta un coup d'œil à la vieille montre de poche qui avait appartenu à son grand-père et nota l'heure. Il n'y avait pas de marqueurs indiquant les distances, mais grâce à une longue expérience, Andrea serait en mesure de dire la distance qu'elle avait parcourue à partir du temps écoulé et du rythme qu'elle imposerait. Sur ce, elle claqua le chronomètre qu'elle pendait autour de son cou et commença à courir.

A l'instant où la porte claqua, une tête aux cheveux noirs surgit des couvertures. Julia gloussa toute seule. Andrea faisait ça tout le temps, s'éclipsant pour son exercice du matin et pensant qu'elle était si sournoise à ce sujet. Julia pouvait compter sur les doigts d'une main le nombre de fois où elle ne s'était PAS réveillée avec le premier mouvement d'Andrea. Mais elle est toujours restée immobile. C'était sa blague privée sur sa colocataire.

Mais maintenant... Julia rejeta les couvertures et attrapa son jean et un t-shirt ample. Elle se demanda s'il y avait quelque chose dans le réfrigérateur qu'elle pourrait préparer pour le petit-déjeuner. Pieds nus, elle descendit les escaliers et pénétra dans la cuisine pour le savoir. Après tout, cela promettait d'être deux semaines passionnantes et elle pourrait avoir besoin de toute la force qu'elle pourrait rassembler.

CHAPITRE 2

Julia Carraux se tenait au bord de la route, essayant de décider si elle voulait vraiment donner un coup de pied à la voiture à côté de laquelle elle se tenait. Non pas que ce soit la faute de la voiture si le pneu s'est crevé, supposa la Canadienne aux cheveux noirs.

C'était au tour de Julia de faire ses courses. En fait, cela ne la dérangeait pas du tout. Elle s'est avoué qu'elle était la meilleure cuisinière du groupe et qu'elle aimait ça. Bien sûr, elle ne l'a pas dit à haute voix. Alors personne d'autre ne le ferait. Elle avait terminé son tour de cuisinière pendant quelques jours, donc une fois les ingrédients qu'elle avait ramassés livrés, il serait temps de se diriger vers la plage. Bien sûr, cela exigeait une voiture avec quatre pneus ronds.

Alors qu'elle débattait, il y eut un rugissement qu'elle identifia comme étant celui des motos. La fille svelte se tendit, alors même que deux machines contournaient le virage de la route. Cachée derrière les visières teintées de leurs casques, Julia ne distinguait rien des visages des deux cavaliers. Les deux machines ont ralenti à l'approche d'elle, puis ont quitté la route devant la voiture.

Julia ne savait pas si elle devait avoir peur ou non. Deux n'était pas exactement un gang. Les motos portaient ce que même elle reconnaissait comme le célèbre logo Harley Davidson. Sa connaissance des motards n'était assez bien fondée que sur quelques films, dont aucun ne décrivait les motards sous un jour très positif. D'autre part, les Hell's Angels portaient-ils des casques ? Au moins ceux qui n'étaient pas des casques allemands à pointes ou quelque chose comme ça.

Le silence s'installa tandis que l'une, puis l'autre des motos coupaient leurs moteurs. Un cavalier a détaché un casque et l'a enlevé, pour révéler un homme plutôt beau que Julia a deviné être dans la fin de la quarantaine ou le début de la cinquantaine. Il n'a fait aucune tentative pour descendre du vélo.

« Mademoiselle ? Vous allez bien ? »

Julia voulait dire "Oui", puis a pensé à dire "Non". Incapable de se décider, elle resta là la bouche ouverte. Son indécision fut brisée lorsqu'une voix douce se mit à rire.

"Jim, je pense que la jeune femme est trop secouée pour répondre."

Julia tourna la tête vers l'autre vélo. Ce cavalier était également assis avec le casque retiré. Dans ce cas cependant, la personne révélée était une jolie femme, avec des cheveux aussi noirs que ceux de Julia. Julia a jugé qu'elle avait probablement environ 5 ans ou plus de moins que l'homme. Elle s'est détendue. Aucune des personnes ne ressemblait, sous quelque forme que ce soit, à des motocyclistes hors-la-loi. Elle se tourna et fit signe à la voiture.

"J'aime penser que je ne suis pas impuissant, mais je n'arrive pas à retirer les écrous de roue de ce pneu crevé. Et j'ai de la nourriture dans la voiture, y compris des denrées périssables."

"Laissez-moi regarder", proposa l'homme en descendant de son vélo et en posant la béquille. Il se dirigea vers la voiture et se pencha.

« Au fait », dit la femme. "Je m'appelle Nancy, Nancy Daer et c'est mon mari Jim. Nous sommes à la retraite et parcourons le pays. Notre maison est en fait le Dakota du Sud mais nous sommes toujours en mouvement."

"Salut. Je m'appelle Julia, Julia Carraux. Ma colocataire, moi et quelques amis partageons l'une des vieilles maisons sur la route de la plage pendant quelques semaines. Aujourd'hui, c'était ma journée pour faire les courses. Je rentrais et 'Boom'."

Il y eut un grognement de la voiture et un juron étouffé. "Celui qui les a mis doit avoir utilisé un marteau pneumatique. Je peux les enlever mais ça va être un long processus." il se redressa de la voiture. "Julia, puis-je suggérer que vous laissiez Nancy vous ramener chez vous, vous et vos courses, et ensuite elle pourra vous ramener ici dans, disons, trente minutes ?"

Julia avait l'impression que ses jugements rapides avaient tendance à être justes et elle sentait qu'elle pouvait faire confiance à ce couple. Elle hocha la tête et, avec l'aide de Nancy, rassembla les affaires qui devaient entrer dans le réfrigérateur et les cala dans les sacoches du vélo de la femme. Nancy grimpa, se retourna vers Julia et lui fit signe de mettre un casque de rechange qui pendait à une sangle.

"Mettez vos bras autour de moi et accrochez-vous", a dit joyeusement Nancy en faisant tourner le vélo et ils sont partis. Julia était ravie. Elle avait déjà fait du vélo auparavant, mais jamais un aussi puissant. Et jamais avec une autre femme. Même à travers la veste en cuir de Nancy, Julia pouvait sentir les courbes pleines du corps de la femme plus âgée. Inconsciemment, elle s'est accrochée plus près et s'est en effet accrochée.

Bien trop tôt, le trajet était terminé. Nancy a aidé Julia à déballer les courses et a accepté une invitation à venir prendre un verre de thé que sa colocataire Andrea Martin préparait tous les jours.

Ni le claquement de la porte ni le cri de Julia n'apportèrent de réponse. Après avoir rangé les courses et versé deux verres de thé, les deux femmes traversèrent le rez-de-chaussée de la maison. Nancy a admiré les pièces et le travail pendant que Julia a vérifié le petit tableau d'affichage qu'ils avaient installé à la porte d'entrée.

"Eh bien, a dit Julia.

"Qu'est-ce que c'est?" demanda Nancy en regardant par-dessus l'épaule de Julia.

"Ma colocataire Andrea est sortie pour rencontrer un nouvel ami qu'elle a rencontré aujourd'hui alors qu'elle courait. Tous les autres sont allés au cinéma."

« Puis-je faire une suggestion ? Au hochement de tête de Julia, Nancy continua. "Nous logeons dans la maison de vacances d'un ami. C'est isolé et il y a une piscine. As-tu un maillot de bain ?" Julia hocha de nouveau la tête. "Eh bien, attrapez-le et rejoignez-nous. Nous allons ramener votre voiture et ensuite vous pourrez monter avec nous."

Julia se précipita dans les escaliers et retourna. Elle est remontée sur le vélo avec Nancy et ils sont repartis. Le temps qu'ils reviennent à la voiture, Jim avait remplacé le pneu. Étourdie d'excitation, Julia retourna à la maison et gara la voiture. Elle courut à l'intérieur, laissa un mot et raccrocha les clés de la voiture.

Lorsqu'elle revint dehors, Julia déglutit. Nancy avait enlevé sa veste en cuir noir et portait un t-shirt blanc. Julia pouvait voir le contour du soutien-gorge que portait la femme plus âgée, même le fait qu'il était blanc et en dentelle.

"Prêt?" demanda Nancy. La réponse de Julia fut de grimper et de mettre ses bras autour de la taille du cavalier. Nancy a lancé le moteur. Avant de décoller, elle posa sa main sur celles de Julia et les pressa de se relever. "Tiens un peu plus haut," dit-elle par-dessus le bruit du moteur.

"C'est avec plaisir", pensa Julia avec un sourire secret. Elle pouvait sentir le gonflement des seins de Nancy contre le dessus de ses mains. Elle savoura leur sensation pendant tout le trajet jusqu'à l'endroit où les Daer séjournaient.

Julia a montré une chambre supplémentaire et s'est changée en son costume deux pièces. Elle s'examina dans le miroir. Pas mal. Des voix l'appelèrent et elle quitta la pièce, se dirigeant vers la porte de derrière et le patio près de la piscine. Elle a franchi la porte et s'est arrêtée net. Jim était là, portant des slips qui montraient, quel que soit son âge, qu'il était toujours en pleine forme. Mais Nancy...

La femme de Jim portait un costume rouge une pièce qui moulait ses courbes comme une seconde peau. Les jambes de la beauté aux cheveux noirs ont été montrées à leur plein effet par les côtés coupés haut du costume, qui montaient jusqu'à ses hanches avant de plonger brusquement dans un V entre ses jambes. Et ses seins, ses seins. Julia faillit gémir, se souvenant de leur douceur contre ses mains. Les seins luxuriants de la femme plus âgée étaient à peine contenus par le tissu. En effet, ses mamelons étaient clairement visibles à travers le tissu serré. Julia ne pouvait pas comprendre comment les fines bretelles spaghetti retenaient tout ce qu'elles étaient censées contenir.

Julia passa l'après-midi d'une manière ou d'une autre. Elle a fait tout son possible pour profiter de la conversation de son hôte et de son hôtesse et de leurs tentatives pour la mettre à l'aise. Ils ont parlé, nagé, grignoté un peu et partagé une bouteille de vin. Julia a fait un effort pour garder ses yeux loin de Nancy chaque fois qu'elle le pouvait. Elle en mangea quelques-uns, après tout, la maison était ravissante et Jim lui-même était agréable à regarder mais son regard continuait à revenir à la femme plus âgée. Une fois, quand Nancy s'est reposée au bord de la piscine, ses seins sur le bord et le costume trempé, Andrea a failli tomber dans l'eau en jetant un coup d'œil.

L'après-midi se prolongea en début de soirée. Julia avait accepté une invitation à rester dîner et le trio parlait sur la terrasse.

"Eh bien, je ne sais pas pour vous deux, mais je vais prendre une douche rapide avant de manger," déclara Nancy en se levant de sa chaise. Marchant vers Jim, elle se pencha et embrassa son mari. Julia retint son souffle alors que le tissu rouge du bas du costume se resserrait sur le cul plein de Nancy, le tissu disparaissant presque dans la fente entre ses joues. Nancy se redressa et sourit à Julia et quitta la pièce. De son siège, Julia pouvait regarder la femme plus âgée marcher dans le couloir et était incapable de détacher ses yeux d'elle jusqu'à ce qu'elle disparaisse.

Un commentaire inoffensif de Jim força Julia à retourner son attention sur lui. Espérant qu'elle n'avait pas été trop évidente en fixant sa femme, Julia répondit et essaya de garder son esprit sur la conversation légère qu'ils avaient tous les deux. C'était difficile. Elle pouvait entendre le bruit de la douche et ses pensées continuaient à dériver vers ce à quoi ressemblait le corps nu de Nancy sous l'eau.

Le bruit de l'eau s'est arrêté. Julia fut tentée de tourner la tête et de regarder dans le couloir mais réussit à se retenir. Elle entendit encore une porte s'ouvrir et se refermer, puis une autre s'ouvrir.

Jim a continué à discuter de rien du tout pendant quelques minutes. Puis il sourit, se leva et tendit la main à Julia. Elle le prit et il l'aida à se relever puis lui relâcha la main. "Julia, j'aimerais te complimenter et ensuite te demander quelque chose. Puis-je ?"

"Bien sûr."

« J'aimerais vous féliciter pour votre sang-froid. C'est plus que ce qu'on attend d'une jeune femme.

« Ma maîtrise de soi ? répondit Julia, un peu confuse. Elle s'était à moitié attendue à ce qu'on dise quelque chose sur son corps. Jim ne l'avait pas lorgnée, mais elle l'avait vu faire quelques études approbatrices sur elle. Bien sûr, elle l'avait remarqué aussi, il était assez beau. Mais alors ses yeux s'étaient vraiment égarés vers Nancy.

"Vous vouliez regarder et voir si vous pouviez repérer Nancy quand elle a quitté la douche. Vous avez aimé la regarder, et nous avons tous les deux apprécié que vous fassiez exactement cela. J'espère que vous ne regretterez pas votre politesse quand je vous dirai qu'elle se tenait dans le couloir et tournoyait. Elle était nue.

Julia déglutit. Eh bien, elle ne devrait pas être surprise. Elle n'avait probablement pas été aussi prudente qu'elle le pensait en observant Nancy. C'était embarrassant d'être attrapée, surtout par son mari.

"Maintenant, ne rougis pas," sourit Jim. "Nous avons tous les deux apprécié. Maintenant la question." Il regarda Julia dans les yeux. "Quand Nancy m'a embrassé juste avant de partir, elle m'a dit à quel point elle te trouvait sexy et combien elle aimerait être avec toi. Elle t'attend au bout du couloir dans la chambre. C'est la dernière porte du d'accord. Alors, tu veux faire l'amour avec ma femme ? »

Tout ce que Julia pouvait faire était de hocher la tête. Jim la tourna doucement et ouvrit la porte moustiquaire. Elle descendit la moquette usée, ses pieds nus ne faisant presque aucun bruit. La porte qu'il avait indiquée était ouverte. Elle hésita, regardant en arrière. Jim ne l'avait pas suivie mais était resté à la porte, toujours souriant. Elle prit une profonde inspiration et franchit la porte. Elle s'arrêta net dans son élan et fut incapable d'étouffer un soupir.

Nancy était sur le lit. Elle était nue et encore plus magnifique que Julia ne l'avait pensé. La femme plus âgée était à quatre pattes, les jambes écartées et les pieds face à la porte. Elle regarda par-dessus son épaule, ses cheveux noirs tombant sur la majeure partie de son visage. Julia lécha ses lèvres.

Nancy cligna de l'œil. "Tu as observé mes jambes et mes fesses toute la journée. Tu ne penses pas que tu devrais enlever ton maillot de bain avant de venir ici et de les toucher ?"

Julia s'est débarrassée de son costume en un temps record. Les yeux fixés sur le corps devant elle, elle grimpa sur le lit, s'agenouillant entre les jambes écartées de Nancy. Elle se pressa contre la femme plus âgée, ses mains caressant les orbes arrondies du cul de Nancy.

Nancy se leva de ses mains et s'appuya contre Julia, les deux femmes agenouillées ensemble maintenant. Elle tendit la main et prit les mains de Julia, les guidant autour d'elle et sur ses seins. Elle tourna la tête et Julia en profita pour l'embrasser.

Les seins de Nancy étaient généreux et se tenaient toujours fiers, ses mamelons durcissant à une longueur incroyable. Elle utilisa les mains de Julia comme si elles étaient les siennes, frottant les paumes sur ces mamelons et ses doigts pour explorer la douceur de sa peau. "Serrez-les", murmura-t-elle à Julia, qui s'exécuta avec joie.

Au même moment, la femme mariée frottait son cul contre Julia, roulait ses hanches et fléchissait ses genoux. Les jambes de Julia s'étaient écartées et elle ferma les yeux alors que Nancy poussait d'abord une joue ferme entre elles, puis frottait son coccyx de haut en bas contre elle, puis appuyait sur l'autre joue. Le doux a cédé la place au dur, puis à nouveau au doux.

Nancy guida la main droite de Julia le long de son corps. Elle le frotta d'abord contre son ventre, puis sur sa motte et enfin entre ses jambes. Nancy pressa son index contre celui de Julia, enroulant les deux doigts entre ses lèvres rasées et dans son humidité. Elle les poussa tous les deux profondément à l'intérieur d'elle-même, ses hanches basculant vers eux puis de nouveau contre Julia.

Après pas plus de quinze ou vingt secondes peut-être, Nancy retira les deux doigts. Elle les porta à sa bouche et glissa le doigt dégoulinant de Julia entre ses lèvres et commença à le sucer.

Julia gémit. La sensation était incroyable. La succion alors que Nancy enlevait son doigt du jus de la femme plus âgée la faisait se tortiller. La sensation s'est accentuée lorsque Nancy a passé sa langue sur et sous le doigt aspiré.

Nancy a relâché le doigt de Julia. "Mmmm, délicieux. J'adore le goût." Elle se baissa à nouveau, plongeant son propre doigt en elle avant de le soulever et de le présenter par-dessus son épaule à Julia. "Ici, ma chère, goûtez par vous-même."

Julia suça le doigt de Nancy. La femme plus âgée avait raison, son goût était merveilleux. Nancy remua son doigt dans la bouche de l'étudiante, puis commença à le pomper lentement d'avant en arrière. En même temps, la femme plus âgée augmenta la pression de son cul contre Julia, qui frottait frénétiquement sa chatte contre les joues fermes de Nancy.

Alors que Nancy continuait son assaut sur les sens de Julia, elle tourna la tête et chuchota à la jeune femme. "Julia, je sais que tu es attirée par les femmes, je t'ai vu me regarder. Je veux te poser une question ou deux." Elle a souri. « Tout ce que tu as à faire, c'est d'acquiescer ou de secouer la tête. D'accord ? »

Julia hocha la tête. À peine, car elle était à peu près aussi excitée qu'elle ne l'avait jamais été.

« Julia, es-tu gay ? Es-tu lesbienne ? Surprise, Julia secoua la tête de côté.

"Ah, merveilleux," ronronna Nancy. « Vous voyez, Jim aimerait se joindre à nous. Cela vous dérange-t-il ? Encore une fois, Julia fit un geste négatif.

"Charmant. Si tu avais objecté, il ne l'aurait pas fait. Nous respectons toujours les souhaits de tout visiteur de notre lit. Pourtant, si tu n'es pas à l'aise, il ne fera que me toucher, ne me pénétrera qu'au bon moment."

Puisque Nancy ne lui avait pas vraiment posé de question, Julia continua simplement à apprécier la sensation du corps de la femme plus âgée contre le sien et la sensation de tortillement du doigt glissant dans et hors de sa bouche.

Nancy a continué. "Maintenant, comme moi, Jim pense que tu es une jeune femme assez sexy et il adorerait t'avoir pendant que tu m'as. Avant de te décider, tu devrais peut-être jeter un coup d'œil. Il se tient juste à côté du lit."

À contrecœur, Julia relâcha le doigt désormais très bien aspiré et tourna la tête. Le mari de Nancy se tenait juste à côté d'eux. Julia le regarda. Elle savait déjà qu'il était plutôt beau et en pleine forme. Bon tonus musculaire, ventre plat et il avait une très belle queue en saillie. Pas énorme, Julia était plutôt petite et n'avait aucune envie d'essayer de prendre des monstres d'un pied, mais plus que suffisante, en supposant qu'il sache s'en servir. Elle le soupçonnait plutôt.

En réponse, Julia se retourna vers Nancy. Avec sa tête toujours tournée pour regarder par-dessus son épaule, Julia a pu embrasser la femme plus âgée sur les lèvres, enfonçant sa langue dans la bouche ouverte. Elle tendit la main et prit les seins lourds. Elle les serra, rompit le baiser et dit "Oui".

Nancy se retourna sur le lit et embrassa Julia en retour. Puis elle s'étira, écartant ses jambes comme elle le faisait, une de chaque côté du corps agenouillé de Julia. Elle fit courir ses mains de haut en bas sur son corps et annonça "Viens ici Julia."

Julia était tellement excitée que laissée à elle-même, elle se serait jetée face en avant entre les jambes sexy de la femme plus âgée. Mais Nancy l'a attrapée et l'a tirée pour que la bouche ouverte de l'étudiante se fixe sur l'un de ses seins pleins et arrondis.

"Tu les as regardés toute la journée, Julia. Je pense que tu devrais en profiter avant d'arriver à l'attraction principale."

Julia a dû accepter. Elle remplit ses mains des seins de Nancy, tout en aspirant autant qu'elle le pouvait celui que sa bouche tenait. Elle s'émerveilla de la douceur des orbes de la femme plus âgée, de leur lourdeur dans ses mains. Ses expériences avec d'autres femmes s'étaient limitées à Andrea et à quelques autres amies d'université, dont aucune n'était aussi plantureuse. Elle a tenu les deux orbes pleins ensemble et sa langue a dardé d'avant en arrière d'un mamelon brun dur à l'autre.

Nancy passa ses doigts dans les cheveux noirs de Julia, murmurant des encouragements à la jeune femme à ses seins. Elle inspira brusquement mais profondément alors que Julia enfouissait son visage dans la fente entre eux, aplatissant sa langue et commençant à la faire glisser le long du corps de Nancy. Les mains de l'étudiante s'attardaient, les pouces et les index se fermant sur les mamelons, leur donnant de douces pressions et de petites tractions, alors même que sa bouche cherchait plus bas.

Julia s'arrêta pour lécher le nombril de Nancy, puis laissa sa langue se promener sur la douceur du ventre de la femme plus âgée avant de reprendre sa marche vers le bas. À contrecœur, ses mains relâchèrent les seins de Nancy, donnant d'abord aux mamelons une dernière traction ferme. Ces mains coururent de haut en bas sur les jambes bien formées, puis glissèrent sous la femme plus âgée juste au moment où la langue chercheuse séparait les lèvres déjà gonflées de Nancy. Julia saisit le cul de Nancy alors que, avec un sifflement de triomphe, sa langue pénétra dans la chatte humide de la femme plus âgée.

Le lit grinça et bougea derrière elle. Des mains fermes s'emparèrent de ses hanches, des pouces frottèrent ses fesses. Jim se pencha et embrassa la nuque. Julia pouvait sentir la tête de sa bite contre sa jambe alors même qu'il parlait à sa femme.

« Comment va-t-elle chérie ? Est-ce qu'elle te rend heureux ?

"Elle est adorable," haleta Nancy, ses doigts toujours emmêlés dans les cheveux de Julia. "Soyez gentil avec elle."

"Rien que de bons sentiments", a assuré Jim. Joignant ses gestes à ses paroles, il guida son sexe entre les jambes de Julia et contre son ouverture. Soigneusement, il a ajusté le corps de la jeune étudiante, jusqu'à ce qu'il puisse la pénétrer facilement. puis, d'une longue mais prudente poussée de ses hanches, il fit entrer sa queue en elle.

Julia haleta, surtout à Nancy, dont elle appréciait encore plus le goût maintenant qu'elle pouvait le goûter directement. La bite de Jim était merveilleuse en elle, la remplissant mais ne l'étirant pas. Elle laissa la sensation entre ses jambes se développer, surfant sur les vagues croissantes de plaisir alors que l'homme plus âgé pénétrait et sortait d'elle. Chacun de ses mouvements produisait une réaction égale et elle lâcha, embrassa et suça la chatte devant elle. Savoir que la bite et la chatte appartenaient à un couple marié l'excitait encore plus alors que Julia se délectait de son premier plan à trois.

Le corps de Julia commença à trembler. Presque frénétiquement, elle a utilisé sa langue sur Nancy, la conduisant d'abord en elle, puis se déplaçant pour caresser le clitoris dur et sans capuchon de la femme. Elle a utilisé les halètements et les gémissements de Nancy comme instructions.

"Je pense qu'elle est sur le point de jouir, mon amour" réussit à dire Jim, entre les dents serrées dans sa détermination à baiser à fond la jeune femme devant lui.

« Moi aussi, Jim », s'écria sa femme. Ses doigts se resserrèrent dans les mèches de Julia et attirèrent le visage de l'étudiante en elle. Elle se redressa et Julia sentit la montée du nectar de la femme plus âgée alors qu'elle tremblait et jouissait. Son propre corps rebondit d'avant en arrière sur la bite de Jim, qui semblait grandir pour la remplir complètement.

Ensuite, remplissez-la alors que Jim la pénétrait une dernière fois et que ses couilles vidaient leur charge dans Julia. Son visage verrouillé sur Nancy, l'étudiante était incapable de donner une voix à son propre orgasme, mais l'a montré en essayant de lécher chaque gouttelette de jus de Nancy, s'agitant sur la chatte de la femme mariée jusqu'à ce qu'elles s'effondrent toutes les trois sur le lit.

Le trio se reposa et reprit son souffle. Nancy a soulevé Julia et l'a embrassée.

"Mon, mon," sourit la femme plus âgée. "Ce n'était pas la première ou la deuxième fois que vous faisiez cela à une autre femme." Ses yeux pétillaient. "Pas besoin de répondre mon cher et aucune raison de se sentir gêné. C'était un compliment."

"Maintenant, puis-je vous suggérer de vous allonger sur le lit Julia?" Lorsque la jeune femme s'exécuta, Nancy écarta les jambes fines et s'agenouilla entre elles. Elle porta sa main droite à sa bouche et lécha la paume d'un long mouvement lent. Atteignant derrière elle-même, elle gifla son cul avec un "Pop" fort. Elle lécha sa paume gauche et frappa l'autre joue, encore plus fort.

"Oh, j'adore ça," ronronna-t-elle. Elle se pencha en avant, ses genoux toujours sous elle, passant entre les jambes de Julia. Elle embrassa l'intérieur d'un genou puis l'autre, avant de glisser sa langue jusqu'à la chatte trempée de Julia. Elle y embrassa Julia, faisant tournoyer sa langue sur le mélange du jus de l'étudiante et du sperme de son mari.

Julia regarda avec incrédulité Nancy enfonçant sa langue en elle. La fille mince pouvait le sentir glisser le long de ses murs puis se recourber, entraînant le sperme de Jim de l'intérieur d'elle. La femme aux cheveux noirs a fermé sa bouche sur Julia et a commencé à lui sucer la chatte alors même que ses mains se glissaient sous Julia et attrapaient le cul serré de sa pom-pom girl.

Julia détourna son attention de la tête de Nancy alors qu'un autre "Pop" aigu résonnait dans la pièce. Jim était de retour sur le lit, cette fois derrière sa femme. Il gifla à nouveau le cul de Nancy, tandis que son autre main frottait sa bite, à nouveau dure et toujours enduite du mélange de sperme que sa femme suçait de la jeune femme, entre les fesses pleines de Nancy.

"Tu es si méchant, n'est-ce pas mon amant?" demanda Jim dans un murmure rauque. "Regarde-toi, sur tes mains et tes genoux en train de lécher la chatte d'une étudiante. Et tout est plein de sperme masculin chaud. Une femme coquine comme toi mérite d'être traitée de façon coquine. Comme une belle bite dans ton cul. " Les mains de Jim agrippèrent les hanches de sa femme. Julia regarda avec fascination l'homme se pencher sur Nancy. Son corps hésita puis il gémit et ses hanches avancèrent.

Nancy a crié droit sur Julia. Ses mains coururent le long du ventre plat et sur les seins de la collégienne, arrachant presque les mamelons avant qu'ils ne redescendent et sous Julia. Comme c'était si bon, Julia prit ses seins en coupe avec ses propres mains et effleura ses propres mamelons en regardant la langue de Nancy tourbillonner en elle, engloutissant les jus mélangés.

Jim grogna, attirant ses yeux, sinon détournant son attention de la langue de Nancy. Ses hanches poussaient fort contre sa femme. Julia pouvait entendre des bruits de claquement alors que son aine claquait dans le cul relevé de Nancy. Chaque fois qu'il la touchait, elle semblait saisir le cul de Julia plus fort et enfoncer sa langue plus profondément à l'intérieur de l'étudiante. Un doigt erra dans la fente de Julia, mouillée de jus glissant le long de son périnée.

"Oh mon Dieu." Les mots jaillirent de Julia alors que le doigt dégoulinant de Nancy se pressait contre son anneau anal. Ses hanches se soulevèrent, écrasant sa chatte contre le visage de Nancy et permettant à la femme plus âgée de glisser son doigt dans le cul serré de Julia.

Les trois personnes sur le lit devenaient folles. Le dos de Jim était cambré alors qu'il enfonçait sa queue dans sa femme. Nancy se retournait contre lui pendant qu'elle faisait entrer et sortir son doigt du cul de Julia et sa langue dans et hors de la chatte de l'étudiante. Et

Julia, Julia tenait bon pour sa vie, le drap de lit enroulé dans ses poings serrés et son corps se tendant alors qu'il tentait de retenir un point culminant explosif qui ne pouvait plus être nié. Elle a crié. Ensuite, tout le monde a crié ensemble et s'est déchaîné pendant ce qui a semblé une éternité jusqu'à ce que Julia se retrouve nichée entre les deux mariés et si heureusement épuisée qu'elle pouvait à peine bouger un muscle.

Le lendemain matin, les deux motos se sont arrêtées dans la cour avant de la vieille maison et Julia a grimpé à l'arrière du vélo de Nancy. Elle se déplaçait plutôt lentement et un peu avec raideur. Embrassant les deux Daer au revoir, elle les regarda s'éloigner. Alors qu'elle se tournait vers la maison, une voiture inconnue s'arrêta et Andrea sortit, après s'être arrêtée assez longtemps pour embrasser le chauffeur. Lorsque la voiture est partie, Julia n'a capté qu'une image floue d'une jolie femme aux longs cheveux blonds.

Les deux amis montèrent silencieusement les marches menant au porche, puis les escaliers menant au deuxième étage et à leur chambre. Tous deux ont réussi à enlever leurs chaussures et à se déshabiller partiellement avant de tomber tous les deux sur le lit et de se recroqueviller ensemble. Avant que Julia ne s'endorme, elle glousssa doucement. Il semblait qu'elle n'était pas la seule à avoir une histoire à raconter.

CHAPITRE 3

"Euh. Euh. Euh. Euhhh." Andrea Martin haletait. Fermant la bouche, elle s'efforça de respirer par le nez. Cela ne dura que quelques instants avant qu'elle ne recommence à haleter pour respirer. Elle redoubla d'efforts.

Le sable a volé sous ses pieds. Ses yeux étaient fixés sur un poteau rayé devant elle qui indiquait le niveau des marées. Elle avait entamé son sprint quand elle avait jugé qu'elle était à une centaine de mètres de ce marqueur. Elle tenait ses bras au niveau de la poitrine, les balançant au rythme du battement de ses jambes.

Andrea a abandonné la tentative de respirer par le nez pour de bon. Elle chercha de l'air pour alimenter ses efforts alors qu'elle courait vers son marqueur. Un instant, elle crut qu'elle s'était trompée, que son vent allait se briser avant d'avoir franchi la ligne d'arrivée. Après tout, elle avait fait des kilomètres. Mais ça y était. Elle ouvrit grand les bras et traversa la ligne invisible.

Son rythme ralentit. Les mains posées sur ses hanches, Andrea se promenait aussi vite qu'elle le pouvait au début. Elle a vérifié son pouls plusieurs fois, utilisant la montre de son grand-père pour chronométrer ses battements de cœur pendant qu'elle se refroidissait. Enfin, avec son rythme cardiaque sous contrôle et sa respiration redevenue presque normale, elle ralentit puis chercha les escaliers en bois qui montaient de la plage. Elle se retourna et s'assit sur la dernière marche.

"Bon Dieu," vint un léger rire au-dessus d'elle. Andrea se tordit pour voir une jeune femme, peut-être deux ou trois ans plus âgée qu'elle, la regardant. Son expression était un mélange d' admiration et d'incrédulité. « Êtes-vous un olympien à l'entraînement ? Ou peut-être un masochiste ? Je veux dire, c'est l'été, nous sommes sur la plage et vous courez. »

Andréa éclata de rire. "J'ai eu une fois des rêves olympiques", a-t-elle admis. "Mais de nos jours, je veux juste m'assurer de conserver ma bourse. Et puisque c'est en bonne voie, je dois continuer à courir."

L'autre fille descendit les marches et s'assit. Andrea l'examina. Elle mesurait environ 5 pieds 5 pouces, ce qui était proche de la taille de sa colocataire Julia. Une taille qu'Andrea considérait depuis un an et demi comme la taille parfaite pour une fille. Mais là où Julia avait les cheveux noirs, cette fille avait les cheveux blonds et les yeux bleus avec un teint juste légèrement rosé du soleil du Sud.

"Salut, je suis Missy. Missy Collins," se présenta l'autre jeune femme.

"André Martin." La collégienne du Sud sourit. « Je vois que vous n'êtes pas d'ici.

Missy a ri. « Je suppose que c'est évident dès que j'ouvre la bouche, n'est-ce pas ? Toi, d'un autre côté, tu sembles appartenir ici.

"En fait, je viens de Géorgie, pas de Caroline du Sud, mais pas si loin et la différence entre les accents est à peu près impossible à dire à moins que vous n'ayez vécu toute votre vie dans le Grand Sud."

"Je m'assieds corrigé," sourit Missy. "Eh bien, un rebelle sonne à peu près comme un autre pour ceux d'entre nous de l'Illinois."

Andrea gloussa et laissa son accent s'accentuer. "Pourquoi me taire. Je suis assis ici avec un sûr nuff' YANKEE ! Par pitié."

Missy bougea et cogna la hanche d'Andrea avec la sienne. "Rappelez-vous juste qui a gagné la guerre civile."

"Guerre civile?" répondit Andrea d'un ton faussement confus. « De quelle guerre civile serait-ce ? Espagnol ? Anglais ? Guerre d'agression du Nord'." Andrea s'arrêta un instant alors que l'autre fille tentait d'étouffer une quinte de toux. "En fait, dans la société POLITE ici-bas, si vous devez le mentionner du tout, ce conflit est appelé 'Le Dernier Désagrément'."

Missy ne pouvait plus étouffer sa joie. La fille du Nord faillit tomber de côté en riant. Andrea a tenté de maintenir son expression sérieuse mais n'a réussi à le faire que pendant 3 ou 5 secondes supplémentaires avant de rejoindre Missy dans des vents de joie.

Lorsque les deux filles ont cessé de s'amuser, Missy s'est levée et a tendu la main à Andrea. « Viens chez moi et je te prépare quelque chose de frais à boire. Le duo a monté les marches ensemble, Missy demandant "Vraiment? 'The Late Unpleasantness' hein?"

"Vraiment."

Il n'y avait qu'à deux minutes à pied du haut des escaliers jusqu'au petit bungalow que Missy louait pour la semaine prochaine. Andrea a été impressionnée par la propreté et la légèreté de l'endroit. Elle regarda par la fenêtre.

Missy la rejoignit et lui passa un verre d'eau froide. "C'est bien," remarqua Andrea.

"N'est-ce pas ? C'est une sorte de complexe hôtelier. Vous avez ces bâtiments séparés plutôt que des chambres, tous entourant le centre avec une piscine, une discothèque, un restaurant et un centre de loisirs tous ensemble."

Andrea finit son eau et prit une profonde inspiration. "Eh bien, merci Missy, mais je suppose que je devrais rentrer." Elle s'arrêta pensivement. Au fait, où suis-je exactement ?" Lorsqu'on lui a dit, elle a sifflé. "Je suppose que j'ai couru beaucoup plus loin que prévu. Cela arrive parfois, mais WOW."

"Eh bien, et si je te reconduisais ? Si tu as vraiment besoin d'y aller."

Il y avait un peu de mélancolie dans la voix de Missy qui fit qu'Andrea s'assit et remarqua,

"Êtes-vous ici toute seule Missy?"

"Eh bien, oui. Je veux dire, juste pour l'instant. Mon petit-ami sera là, dès qu'il pourra s'enfuir, c'est-à-dire."

"Je ne suis pas pressé," déclara Andrea. "Mais j'ai vraiment besoin de prendre une douche."

"Je vais jeter vos vêtements dans la machine à laver", a proposé Missy. "Nous ne faisons pas exactement la même taille mais je pense que j'ai un short et un haut qui ne vous sembleront pas trop déplacés jusqu'à ce que vos affaires sèchent."

"Tu es allumé."

Andrea s'est régalée sous la douche, passant plus de temps sous l'eau tiède et essuyant quelques-uns des produits de soins capillaires de Missy. Quand elle est sortie de la baignoire, elle a trouvé les vêtements promis. Il n'y avait pas de sous-vêtements mais Andrea ne s'en souciait guère.

Les deux filles ont parlé. Andrea a expliqué à propos du groupe d'étudiants auxquels elle appartenait qui louait la maison plus loin sur l'île. Elle a découvert que Missy avait vingt-trois ans, une enseignante de troisième année, à peine deux ans hors de l'école et était une fontaine bouillonnante d'histoires et de rires. Ils ont bavardé jusqu'au déjeuner, pendant le déjeuner, Andrea a aidé Missy à se préparer et pendant qu'ils nettoyaient. puis ils s'installèrent sur le canapé qui donnait sur la plage et commencèrent à vraiment parler.

Missy et Andrea ont parlé tout l'après-midi. La discussion a couvert tout sous le soleil; politique et histoire, religion et littérature. Ils se sont mis à parler de livres et de pièces de théâtre, s'arrêtant de temps en temps pour arracher une autre bière du réfrigérateur de Missy et une poignée de chips sur le comptoir de sa cuisine.

Les oreilles d'Andrea se redressèrent lorsque l'un des commentaires de Missy fit une référence passagère aux nouvelles de Paula Christian. Comme beaucoup d'autres collégiennes, elle connaissait les œuvres de l'auteur de pulp féminin dont la fiction traitait de l'attirance des femmes pour d'autres femmes. Ces œuvres passaient subrepticement de main en main, traitant du lesbianisme tel qu'il était.

"Qu'est-ce que tu préfères, 'Another Kind of Love' ou 'Twilight Girls,'" demanda Andréa avec désinvolture.

"Certainement 'Twilight Girls'", a répondu Missy. "C'est une merveilleuse histoire de découverte de soi, je pense." La femme blonde rougit légèrement. "Au-delà du côté sexuel, bien sûr."

"Bien sûr," commenta Andrea paresseusement. Mais les remarques de l'autre fille avaient piqué l'intérêt de la collégienne pour des choses au-delà de la simple littérature. Elle jeta un autre regard plus profond à la jeune enseignante, absorbant son corps plus qu'elle ne l'avait fait auparavant. Certainement attrayant et vaut la peine de voir où cela pourrait aller.

Alors que l'après-midi avançait, les deux filles ressentirent une réticence commune à ce que leur temps ensemble se termine. Missy a fait une vague remarque sur le fait qu'il était peut-être temps qu'Andrea ait besoin d'aller rencontrer ses amis et Andrea a conclu un accord très timide. Aucune des deux filles ne bougea du canapé où elles avaient élu domicile.

"Peut-être," commença Missy, puis se tut.

« Peut-être quoi ?

"Le restaurant ici est vraiment bon. Que penseriez-vous si je vous demandais de dîner avec moi et peut-être de passer à la boîte de nuit après ?"

Andréa sourit. "Je dirais que je dois rentrer à la maison et changer de vêtements si nous allons à un rendez-vous. Que dois-je porter?"

Missy gloussa. "Un rendez-vous ? oh bien sûr. Alors, que diriez-vous de quelque chose de noir et moulant ?"

L'autre fille sourit. "Je ne pense pas que je puisse faire 'slinky' mais j'ai en fait quelques jupes. L'une est noire. Est-ce que ça suffirait?"

"Absolument."

Missy a déposé Andrea à la maison et ils ont convenu d'un moment pour que la fille aînée revienne chercher son "rendez-vous" alors qu'ils plaisantaient en se référant l'un à l'autre. Andrea s'est habillée, au moins autant qu'elle l'a jamais fait en dehors d'une danse formelle. Elle a enfilé une jupe noire courte avec un haut sans manches rose. Elle a débattu de porter une paire de collants que Julia lui avait achetés et a décidé de ne pas le faire. Elle a cependant enfilé un soutien-gorge, ce qu'elle faisait rarement et s'est glissée dans une culotte noire sJuliapy. Elle enfonça ses pieds dans la seule paire d'escarpins noirs qu'elle possédait. Debout, elle se regarda dans le miroir.

"Wow, je suis magnifique," rit-elle. À ce moment-là, le klaxon retentit et elle se précipita dans les escaliers. Griffonnant une note hâtive à afficher sur le tableau d'affichage près de la porte d'entrée disant qu'elle sortirait tard. Elle espéra dans la voiture et siffla. Missy portait une robe rouge et des talons assortis.

Andrea a répété ses paroles d'il y a un instant à sa nouvelle amie. "Wow vous êtes magnifiques."

Missy rougit, puis fit un clin d'œil. "Regarde ça. Tu es en train de te trahir, fille du crépuscule."

Andrea rit avec Missy, mais il y avait un courant sous-jacent dans le rire et un regard passa entre les deux jeunes femmes. Ni l'un ni l'autre n'était prêt à sortir et à reconnaître qu'il y avait une attirance entre eux deux que leurs plaisanteries ne pouvaient masquer.

Quelques heures plus tard, après le souper et après avoir bu et dansé au club, deux jeunes femmes riantes se sont accrochées l'une à l' autre alors qu'elles tentaient de se diriger droit vers le bungalow de Missy. Le chemin était aussi incurvé que leurs méandres et ils allaient et venaient dessus, s'égarant d'abord d'un côté puis de l'autre. Chaque trébuchement n'apportait que plus d'hilarité, ajoutant à leur incapacité croissante à rester debout.

Heureusement, ils ont réussi à atteindre la porte. Après plusieurs minutes de recherche infructueuse dans le sac de Missy pour trouver la clé, Andrea tourna la poignée de la porte. Déverrouillée, la porte s'ouvrit et ils entrèrent à l'intérieur, fermant la porte en s'appuyant dessus ensemble. Ils prirent de profondes inspirations, se préparant pour le rush final. Enfin prêts, les bras autour de la taille de l'autre, ils s'éloignèrent et se dirigèrent vers la chambre. Trouvant cette pièce trop éloignée, ils s'assirent lourdement sur le canapé.

« Mmmmm », a déclaré Missy. "C'était amusant Andrea." Elle leva les pieds et enleva une chaussure. Elle fronça les sourcils quand l'autre ne se détacha pas. Elle tourna le pied et l'examina. « Pourquoi cette chaussure est-elle toujours à mon pied ? » elle s'est plainte.

« Ça me dépasse », bailla Andrea. Ses escarpins tombaient facilement. Cependant, l'effort, aussi léger soit-il, l'a fait glisser de son siège précaire sur le canapé et s'est retrouvée assise par terre. Missy la regarda.

"Que faites vous ici?"

"C'est plus confortable", a expliqué Andrea, de la façon digne dont les ivrognes agissent lorsqu'ils essaient de paraître sobres."

Missy se laissa glisser à côté d'Andrea, perdant finalement son autre chaussure. "D'accord alors." Elle s'appuya contre l'autre fille. "Mmmm, eh bien, oui, c'est sympa."

Andrea appuya sa tête contre l'épaule de Missy. "Oui c'est le cas."

Missy étouffa un autre rire. "Je ne peux pas imaginer ce que ces gars ont pensé en nous regardant danser ensemble. J'allais les inviter à intervenir, mais bon sang Andrea, c'était tellement drôle de les voir sauter aux conclusions."

"Quelle conclusion était-ce?" s'enquit Andrea, qui savait parfaitement bien mais voulait voir comment Missy allait réagir.

"Comme un couple de bien, filles crépusculaires", a déclaré Missy.

"Oh," répondit Andrea. "Mais si nous étions CE genre de filles, alors nous nous serions probablement embrassés. Comme ça." Joignant ses actions à ses paroles, Andrea tourna le visage de Missy vers le sien et posa ses lèvres sur l'autre femme.

Le baiser était doux et bouche fermée. Pendant un instant, les lèvres de Missy se sont accrochées à celles d'Andrea, puis le baiser s'est terminé. Les deux filles rigolèrent à nouveau, mais il y avait un hic dans leur rire.

"Ou comme ça," déclara Missy et se pencha vers Andrea, la bouche légèrement ouverte. Le baiser dura plus longtemps cette fois et les deux filles se séparèrent à contrecœur.

"Si nous étions des filles du crépuscule, nous nous toucherions comme ça." Andrea passa ses doigts le long du bras du jeune professeur, caressant doucement la peau, alors même que la chair de poule surgissait sous son toucher.

"Si nous étions des filles du crépuscule," Missy déglutit presque, "Nous serions assises l'une près de l'autre, comme ça." La blonde se tortilla à côté de l'étudiante aux cheveux plus foncés. « Et nous nous regarderions dans les yeux. Et si nous étions des filles du crépuscule... » La voix de Missy s'éteignit alors qu'elle posait sa main sur la cuisse de sa nouvelle amie.

"Oui," souffla Andrea. "Si nous étions." Elle couvrit la main de Missy avec la sienne. Se déplaçant légèrement pour faire face à l'autre fille, Andrea se pencha en avant et ferma la bouche sur celle de Missy. Lorsque la seule réponse fut un léger frisson, Andrea pressa sa langue entre les lèvres rouges de Missy. Il y eut un moment de résistance, puis les lèvres de Missy se séparèrent. Andrea prit le visage de la femme légèrement plus âgée dans ses deux mains et commença à l'embrasser profondément. En même temps, elle s'est déplacée pour faire face à Missy, puis a chevauché les jambes tendues devant elle, s'agenouillant au-dessus d'elle.

Les mains de Missy poussèrent faiblement les épaules d'Andrea pendant un moment, puis s'emmêlèrent dans les cheveux de la jeune femme. Des gémissements provenaient des deux filles et leurs corps se touchaient. Pendant plusieurs minutes, ils restèrent enfermés ensemble.

Finalement, le baiser se termina et Andrea se rassit légèrement. Ils se regardèrent. Andrea a été surprise lorsque le professeur l'a doucement repoussée en arrière et s'est levée sur ses pieds. Puis un sourire traversa le visage de Missy et elle se pencha pour aider Andrea à se relever.

"Que nous soyons des filles du crépuscule ou non," les yeux de Missy pétillèrent. "Je ne reste PAS sur le sol quand un lit parfaitement bon se trouve juste à travers cette porte."

Andrea suivit la jeune enseignante dans la chambre, admirant le balancement des hanches de Missy. Lorsque l'autre fille atteignit le lit, elle s'arrêta et se retourna avec hésitation. Les deux filles se regardèrent. Andréa déglutit. Missy ouvrit la bouche puis la referma.

La jeune fille sortit de l'impasse. Andrea s'avança et prit le visage de Missy dans ses mains. Les lèvres se touchèrent à nouveau. Le baiser continua et s'approfondit. La langue d'Andrea glissa entre les lèvres de l'autre fille. La bouche de Missy s'ouvre, acceptant et accueillant l'invasion. Les deux corps se rapprochèrent. Les mains d'Andrea descendirent, les premières à se poser sur les épaules de Missy. Ses doigts suivirent les bretelles de la robe rouge, courant le long de la peau blanche et caressant le haut des seins de l'autre femme. L'instituteur haleta. Les paumes d'Andrea s'aplatirent sur les seins pleins et les frottèrent en grands cercles à travers la robe, et le soutien-gorge qui dépassait alors que les bretelles tombaient sur les bras de Missy.

L'aînée fit un, puis deux pas en arrière. Lorsque ses jambes touchèrent le lit, elle se laissa retomber dessus, entraînant Andrea avec elle. Les deux jeunes femmes ne se sont jamais perdues de vue. Missy s'allongea sur le lit, Andrea allongée sur le côté et l'embrassant toujours. La brune glissa une jambe sur la blonde. Un léger déplacement du poids d'Andrea et son genou écartèrent celui de Missy et la cuisse ferme d'un coureur remonta la robe rouge et rencontra l'humidité de la culotte de l'enseignante.

Les baisers devenaient pressés et exigeants. Andrea a tiré à la fois la robe et la bretelle du soutien-gorge et Missy a dégagé son bras, permettant à un sein ferme et arrondi d'être pris en coupe et bercé. Andrea bougea la tête et ses lèvres glissèrent sur ce sein. Les mains de Missy coururent le long du dos d'Andrea alors même qu'elle s'arquait légèrement sous l'autre fille. Des doigts tâtonnants trouvèrent la fermeture éclair de la jupe d'Andrea et la tirèrent vers le bas. La brune se tortilla pour aider et la blonde tira à la fois la jupe et la culotte noire sur les jambes du jeune athlète jusqu'à ce qu'Andrea puisse les libérer.

Andrea, ne perdant jamais l'emprise que ses lèvres avaient sur le sein droit de Missy, roula sur l'autre fille. Elle lutta pour mettre ses mains derrière Missy, attrapant la fermeture éclair de la robe rouge et le soutien-gorge en dessous. Trouvant le premier, elle tira et Missy se tortilla, se cambrant sur ses épaules et permettant à la fille du dessus d'accéder aux attaches du soutien-gorge en dentelle rouge. Avec un gémissement triomphant, Andrea sentit le fermoir céder et elle tira, libérant l'autre sein de la blonde et faisant descendre ses vêtements jusqu'à sa taille.

Les hanches de Missy se cabrèrent, faisant presque tomber Andrea d'elle. La blonde tira sur sa robe, haletant "S'il te plaît Andrea, enlève-la-moi."

L'étudiante s'exécuta joyeusement, déplaçant son corps entre les jambes de l'autre fille. Elle a saisi la robe rouge et l'a tirée, ainsi que la culotte rouge assortie, le long des jambes fermes et les a jetées de côté. Les yeux verts se fixèrent avidement sur la touffe de cheveux blonds entre les jambes de l'autre fille.

"Oh non tu ne le fais pas," demanda Missy, suivant le regard d'Andrea jusqu'à sa destination et réalisant que l'autre fille était sur le point de lui tomber dessus. "D'abord tu enlèves ce chemisier et ton soutien-gorge."

Andrea hocha la tête d'accord. Elle a trouvé que c'était plus facile à dire qu'à faire. En se roulant sur le lit, le chemisier s'était tordu et certains boutons étaient presque inaccessibles. Frustrée, elle finit par remonter le chemisier par-dessus sa tête, ainsi que le soutien-gorge qu'elle avait réussi à dégrafer.

Absorbée comme elle l'était dans sa lutte, Andrea ne pensa pas au grincement du lit et au déplacement du matelas jusqu'à ce que des mains épinglent soudainement le difficile chemisier autour du visage d'Andrea, l'aveuglant. Au même moment, une bouche chaude se referma sur sa poitrine et la fille piégée entendit un petit rire joyeux.

"Je t'ai compris," rit Missy, les mots étouffés par la quantité de poitrine d'Andrea qu'elle essayait de tenir dans sa bouche.

Andrea fit un vaillant effort pour retirer sa tête de son chemisier mais en vain. L'autre fille l'avait piégée. Quelques instants plus tard, Missy a accroché une jambe autour d'Andrea et l'a retournée sur le dos, avec la prof blonde au-dessus d'elle, sa bouche couvrant toujours la poitrine d'Andrea, sa langue courant toujours sur le bout dur entre ses lèvres.

« Mademoiselle ! protesta l'athlète universitaire à travers son chemisier toujours enveloppant. La seule réponse a été que Missy déplace son corps de sorte qu'une jambe galbée sépare celle du coureur de l'université et les maintienne ouvertes tandis qu'une paire de doigts danse sur le ventre plat et coupe les boucles brunes soignées de la chatte d'Andrea. Un index fin sépara ces boucles et s'enroula à l'intérieur d'Andrea.

"Oh mon Dieu." Les luttes d'Andrea sont devenues encore plus sauvages alors qu'elle se battait pour retirer son chemisier et son soutien-gorge. Missy passa d'un sein à l'autre, attrapant le mamelon dur entre ses lèvres et le tirant. Elle a ajouté un deuxième doigt dans la chatte d'Andrea et a commencé à pomper lentement sa main, remuant ces mêmes doigts à chaque fois qu'ils plongeaient dans Andrea. Un pouce explorateur a trouvé le clitoris encore caché de l'athlète et l'a taquiné sous sa capuche.

Andrea a finalement arrêté ses tentatives pour se débarrasser de ses vêtements car ils semblaient ne faire que l'emmêler d'autant plus. Elle écarta largement les jambes et se souleva contre les doigts de Missy. Missy a souri autour du mamelon qu'elle tenait et a chuchoté : « Abandonner ?

Dans un mouvement soudain, Andrea jeta ses jambes autour de Missy et enferma la fille aînée contre elle, emprisonnant sa main entre elles. "Pas même." Une dernière traction et le chemisier se détacha de sa tête pour être jeté au vent avec le soutien-gorge. Les mains libérées attrapèrent Missy et la tirèrent jusqu'à ce qu'Andrea puisse une fois attacher sa bouche aux lèvres de sa nouvelle amie. Les jambes se déplaçaient et une cuisse doucement musclée glissa entre les jambes du professeur et poussa fort contre la chatte nue et humide qu'elle rencontra.

Missy gémit dans la bouche d'Andrea. Ses doigts n'ont jamais cessé leur assaut sur la chatte et le clitoris de la brune. En effet, ils se déplaçaient plus vite et plus profondément, faisant frémir Andrea. Sa cuisse a scié d'avant en arrière, écartant les lèvres de Missy et écrasant le clitoris sans capuchon. Missy s'est écrasée contre la jambe d'Andrea, se cabrant et chevauchant la peau lisse de la fille sous elle. Elle se prépara avec sa main libre, coinçant un troisième doigt à l'intérieur d'Andrea alors même que l'autre fille agrippait le cul serré de la blonde et la tirait vers le bas sur la jambe et le corps frénétiquement sous elle.

L'intensité était trop forte. Missy sentit les muscles d'Andrea se contracter puis se verrouiller sur ses doigts alors que la jeune fille se débattait sous elle, la renversant presque. Mais Missy a serré ses jambes autour de la cuisse d'Andrea et l'a chevauchée alors que les vagues de son orgasme la submergeaient. Pendant un long moment, elles restèrent ensemble, presque gelées, puis Missy s'effondra sur Andrea et les deux filles se bercèrent l'une l'autre, leurs répliques les faisant trembler, jusqu'à ce qu'elles se détendent lentement et s'endorment dans un enchevêtrement de bras et de jambes.

La lumière du soleil perçant à travers les stores fit remuer les deux filles le lendemain matin. Andrea se retourna et tira un oreiller pratique sur sa tête. dit Missy, les yeux troubles et regarda le corps élancé à côté d'elle. Un corps qui n'était couvert que par cet oreiller. Le professeur se pencha et chatouilla le cul ferme.

"Hé!" Andrea s'assit, chassant le sommeil de ses yeux.

"C'est le matin." Les yeux de Missy pétillaient. « Tu ne vas pas courir ?

Andrea se pencha et embrassa Missy. Une main toucha un ventre nu et se glissa jusqu'à un sein. Les yeux brillaient en se rencontrant.

"La seule course que je fais aujourd'hui est pour le petit-déjeuner et après toi."

"Je ne vais nulpart."

"Je suis."

"Oh où?"

"Ici." l'étudiante brune a poussé l'autre fille sur son dos. En balançant son corps, elle chevaucha Missy et baissa son visage entre les jambes de l'autre fille. "Avant de rentrer à la maison, je vais voir si tu as aussi bon goût que je me le demandais depuis que j'ai vu ton corps se balancer alors que nous montions les escaliers hier.

"Ça sonne bien," admit Missy alors que ses mains se levaient, s'attachaient sur les hanches au-dessus d'elle et attiraient la chatte d'Andrea, aussi humide que la sienne, jusqu'à sa bouche.

Ils n'ont jamais pris de petit déjeuner.

CHAPITRE 4

Julia Carraux enroula ses bras autour de ses jambes et les étreignit, ses genoux repliés sous son menton. "Je n'arrive pas à y croire," dit-elle. "Je ne peux pas croire qu'il ne nous reste que deux jours."

La balançoire du porche grinça lorsque la colocataire, meilleure amie et amante de Julia, Andrea Martin, s'assit à côté d'elle. La plus grande fille étendit ses jambes. Julia appréciait la vue alors qu'Andrea fléchissait ses jambes. Toujours en forme après toutes les courses de son amie athlète, le soleil côtier les avait bronzés jusqu'à un brun doré.

« C'était amusant, n'est-ce pas ? Andrea lui sourit, tendant la main pour ébouriffer les courts cheveux noirs que même le soleil éclatant de la Caroline du Sud n'avait pas réussi à éclaircir.

"C'est vrai," Julia s'appuya contre son amie, posant sa tête sur l'épaule de la brune. "Et nous nous amuserons plus. Le feu de joie sur la plage ce soir. Cuisiner sur le feu. Chanter."

Andrea glissa un bras autour de la petite fille. "Et peut-être que nous nous glissons seuls dans la nuit. Nous nous baignons maigres dans l'océan puis nous nous séchons sur une serviette étalée là où les dunes de sable nous cachent."

Les yeux de Julia pétillaient. « Pourquoi, qu'est-ce qui te donnerait l'idée de faire quelque chose comme ça ?

"Tu le ferais, fille sexy." Les doigts d'Andrea effleurèrent le côté de la poitrine de Julia et les deux colocataires échangèrent un regard qui se promettait que cette nuit serait mémorable. En effet, cela se révélerait être, bien que pas tout à fait de la manière qu'ils avaient imaginée.

Ils passèrent la journée à nettoyer la maison, de fond en comble. L'ensemble du groupe était déterminé à laisser l'endroit impeccable, en effet, plus propre et en meilleur état qu'ils ne l'avaient trouvé. Brian s'est avéré être un charpentier équitable, ayant appris de son père, et réparé des bardeaux lâches et une porte coincée pendant que les autres gars coupaient l'herbe, tiraient les ordures et aidaient les filles à nettoyer la maison. Au moins deux fois, Andrea et Julia ont égaré l'un des couples qui s'étaient formés au fil des jours passés ici. Une fois qu'ils ont découvert où se trouvait une paire manquante, mais à en juger par les sons provenant de derrière les portes fermées, Stan et Laurie n'avaient pas besoin d'être retrouvés. En fait, les colocataires ont profité du temps seuls pour s'embrasser et se toucher.

Alors que les ombres commençaient à s'allonger, le groupe se dirigea vers le foyer. Un feu a été allumé et des hamburgers et des hot-dogs ont été cuits sur un vieux gril en métal que les filles avaient fait de leur mieux pour nettoyer. Il y avait beaucoup de rires quand un objet errant occasionnel tombait dans le feu. Mais il y en avait pour tous les goûts, y compris plusieurs beachcombers errants qui se sont arrêtés et ont été invités à rester.

Pendant un moment après le souper, ils allumèrent le feu haut et dansèrent autour de lui, regardant les flammes bondir à travers leurs ombres sur le sable. Finalement, le vin qu'ils partageaient tous commença à faire effet et ils s'installèrent sur des couvertures étalées autour du feu. Les flammes s'éteignent lentement, se transformant en charbons. Le son des vagues sembla se fondre dans leur chant alors que Brian sortait à nouveau sa guitare et que les chansons de l'époque flottaient sur la plage et dans la nuit.

Andrea et Julia étaient blottis sur une même couverture, ensemble comme d'habitude. Andrea était assise, les jambes repliées et Julia était allongée sur ses genoux. Une ou deux des personnes qui avaient été attirées par l'odeur du souper avaient regardé un peu de côté les deux filles qui avaient commencé la soirée en se tenant la main avant de passer à leur position actuelle.

Les colocataires trouvaient ça drôle. Ni l'une ni l'autre n'était lesbienne. Ils avaient découvert leur attirance mutuelle une nuit il y a plus d'un an et demi, mais ils appréciaient vraiment la compagnie des hommes et des autres femmes. Ils se souciaient l'un de l'autre, mais aucun ne s'attendait à ce que quoi que ce soit continue après la fin de leurs années universitaires, à l'exception d'une profonde amitié qu'ils juraient tous les deux de ne jamais finir. Alors parfois, ils ont exagéré leur affection publique, mais c'était juste pour le plaisir. Lorsqu'un couple qui passait avait ostensiblement fixé leurs doigts entrelacés , Andrea s'était penchée et avait embrassé Julia profondément. Ils pouvaient à peine étouffer leur rire lorsque l'autre couple s'est enfui sans finir leur souper gratuit.

Non pas qu'ils n'avaient pas l'intention de passer du temps ensemble ce soir à faire une exploration sérieuse et heureuse du corps de l'autre. Le duo se réinstalla dans les ombres vacillantes et les doigts commencèrent à vagabonder. Les mains de Julia glissèrent de haut en bas sur les cuisses fermes du coureur et l'autre fille écarta les cheveux noirs d'un cou qui semblait tout simplement parfait pour grignoter. Puis deux voix cordiales ont appelé "Bonjour" et la paire a levé les yeux pour voir deux personnages familiers entrer dans l'anneau de lumière.

"Denis ! George !" Les mots des filles trébuchèrent alors qu'elles se levaient pour saluer les deux nouveaux arrivants. Dennis se tenait là avec un regard timide sur son visage tandis que George se dirigeait avec hésitation vers Julia, qui le saluait avec un sourire chaleureux. Le duo a croisé les jeunes hommes qu'ils avaient rencontrés et ont passé une nuit mémorable avec lors d'un tournoi du club d'échecs dans la capitale de l'État pendant l'hiver. Andrea était parfois sortie avec Dennis, qui était devenu un homme beaucoup plus sûr de lui. De même, George et Andrea étaient sortis plusieurs fois. Aucune des deux filles n'avait partagé les détails de ce qui s'était exactement passé pendant ces rendez-vous, mais elles étaient toujours revenues avec le sourire aux lèvres.

Des câlins ont été échangés et des bisous amicaux. Après avoir cherché une autre couverture, le quatuor retourna dans le cercle autour du feu, rejoignant les autres couples déjà jumelés.

« Alors, qu'est-ce que vous faites tous ici ? demanda Andréa. "Ce n'est pas que nous ne soyons pas contents de te voir mais c'est une surprise." Elle et Dennis se sont installés sur une couverture. George et Julia avaient déjà occupé l'autre. Andrea a noté avec un sourire caché que les bras de George étaient déjà enroulés autour de la jeune pom-pom girl canadienne. Il y avait là plus que l'un ou l'autre ne l'admettait.

"En fait, Julia nous avait parlé de ce voyage lorsque vous l'aviez tous planifié. Aucun de nous ne pouvait venir car nous travaillons tous les deux pour l'été, mais elle A DIT de passer si nous en avions l'occasion."

"Eh bien," sourit Andrea. "Je suis content que vous ayez tous eu la chance." Elle lança à Julia un regard amusé. "Bien sûr que tu aurais pu me le dire."

"Je l'ai fait," les yeux de Julia pétillèrent. "Mais vous étudiiez si dur ce soir-là que vous n'étiez peut-être pas attentif."

Les yeux d'Andrea pétillèrent en retour. La major brune en arts du théâtre n'a pas beaucoup étudié dans la salle car la plupart de ses cours étaient de type pratique. « Étudier » faisait référence aux activités que les deux filles faisaient lorsqu'elles partageaient le même lit.

« J'ai dû être distrait. Quoi qu'il en soit, » Andrea s'appuya contre Dennis, « Je suis content que vous ayez tous réussi.

Andrea était contente que Dennis et George aient réussi. Elle aimait vraiment le joueur d'échecs timide qui était de plus en plus sorti de sa coquille depuis qu'ils avaient passé une nuit ensemble pendant l'hiver. C'était un gars très gentil et elle appréciait sa compagnie. Il n'agissait pas du tout possessif, il était intéressant et intelligent et si elle avait pensé à s'installer prochainement, il serait en haut de la liste des futurs maris.

Le groupe élargi a chanté quelques chansons de plus, puis s'est installé pour regarder tranquillement le feu se transformer en charbons ardents. La conversation s'est éteinte à rien de plus que de doux murmures. Les couples ont commencé à s'éloigner du feu. David Woods, le chef du groupe et sa petite amie Beth s'étaient portés volontaires pour rester jusqu'à ce que le feu soit complètement éteint afin que personne n'ait à s'inquiéter de partir.

Cela comprenait Andrea et Dennis et Julia et George. Le premier couple ramassa sa couverture et disparut dans les dunes. Les deux derniers se sourirent et se levèrent, George pliant la couverture et la glissant sous un bras. Prenant leur temps, ils se promenèrent sur la plage. Les surprenant presque tous les deux, Julia tendit impulsivement la main et prit la main de George. Ses doigts se croisèrent et il lui serra la main.

Ils marchèrent un moment le long du rivage, profitant de l'air nocturne. Ils bavardaient tranquillement, ne voulant pas perturber le calme autour d'eux rompu uniquement par les vagues qui arrivaient. Après un laps de temps indéterminé, ils ont fait marche arrière et ont retracé leur route jusqu'à ce qu'ils puissent voir la lueur terne du feu mourant.

Julia frissonna un peu dans la brise.

"Froid?" George commença à déplier la couverture. Elle l'arrêta d'une main sur son bras.

"Un peu, mais je peux penser à une meilleure utilisation de cette couverture et à une meilleure façon de se réchauffer." Debout sur la pointe des pieds, elle embrassa le jeune homme plus grand. Il enroula un bras autour d'elle et lui rendit son baiser. En fait, il enroula ses bras, couverture et tout, autour d'elle et la souleva de ses pieds avant de la porter dans la solitude des dunes.

Il y eut un moment où le charme essaya de se rompre. Le pied de George a attrapé un bord de fuite de la couverture et le couple a failli tomber sur le sable. Il s'est rattrapé cependant. Abaissant Julia, il ouvrit brusquement la couverture et l'attira contre lui. Ils s'embrassèrent à nouveau et glissèrent pour s'allonger l'un contre l'autre. Les baisers étaient doux au début, tout comme les doigts explorateurs. La passion a éclaté entre eux qu'ils avaient ressentie lors de leur première rencontre, puis ils étaient tous les uns sur les autres.

Il ne fallut que quelques instants au couple pour se débarrasser de ses vêtements. George roula sur le dos et tira Julia sur lui. Sa bouche se fixa sur un petit sein ferme. Une main prit le sein libre tandis que l'autre dansait dans son dos et courait sur son cul serré.

Pour sa part, la pom-pom girl se pencha entre eux. Elle main a trouvé son arbre dur et l'a encerclé. Elle fit doucement glisser sa main de haut en bas, l'incitant à épaissir encore plus qu'il ne l'était déjà. Se cabrant, elle ignora les protestations étouffées alors que George perdit son emprise sur ses seins. Elle chevaucha le jeune homme sous elle et guida sa bite entre ses lèvres et dans son ouverture. Elle s'est installée, lui permettant de glisser lentement à l'intérieur de sa chatte déjà humide.

"Mmmmmm," gémit doucement Julia.

"Mmmmmm, en effet," répondit George. Ses mains se posèrent sur ses hanches et ses yeux se fixèrent sur ses seins, où ses mains reposaient maintenant à la place des siennes. Il la regarda commencer à faire courir ses doigts sur ses petits orbes lisses, en accordant une attention particulière aux mamelons roses et durs. Il regarda ses yeux se fermer brièvement et ces mêmes doigts commencèrent à tirer et à rouler les nubbins.

Julia se pencha légèrement en arrière, tirant ses mamelons alors qu'elle commençait à rebondir un peu sur la bite de George. Juste un peu au début, ses mouvements sont devenus un peu plus rapides mais sont restés stables, augmentant la distance à laquelle elle glissait de haut en bas sur la tige à l'intérieur d'elle. Elle essaya de garder ses montées et descentes en rythme avec le grattage de ses doigts sur les points durs de ses seins. George la tenait simplement, lui permettant de donner le ton.

De sa position au-dessus de George, les oreilles de Julia captèrent un gémissement bas mais familier pas très loin. Détachant un instant ses yeux de l'homme qu'elle était à côté, l'étudiante aux cheveux noirs regarda à sa droite. Tout ce qu'elle pouvait voir au clair de lune était une paire de pieds familiers et un bout de deux mollets galbés. Puisque ces pieds ondulaient dans les airs avec les orteils pointés vers le ciel, Julia en déduisit facilement que Dennis était probablement au-dessus de son colocataire et qu'Andrea passait elle-même un très bon moment. Puis George l'attrapa par les hanches et commença à la faire rebondir sur sa bite et Julia oublia tout ce qu'Andrea pouvait faire.

Andrea allait très bien. Quand elle et Dennis ont glissé, ils avaient marché main dans la main dans l'eau jusqu'aux chevilles, sans rien dire, profitant simplement des sons de la nuit et des vagues qui éclaboussent autour d'eux. Quand ils eurent marché à leur faim, ils se tournèrent vers les dunes de sable. Trouvant un endroit bien rangé à l'abri de la brise du soir, ils étendirent la couverture que Dennis avait emportée. Il s'assit et elle se blottit contre lui sur ses genoux avec ses jambes sous elle.

Dennis passa doucement ses doigts sur le visage d'Andrea avant de se pencher en avant et de l'embrasser. Elle ouvrit la bouche vers lui et ses doigts doux glissèrent le long de ses flancs, attrapant l'ourlet de son short et le tirant vers le haut et au-dessus de sa tête. Ils s'embrassèrent à nouveau et le joueur d'échecs prit les seins pointus du coureur dans ses mains, les prenant en coupe et caressant les mamelons, comme elle lui avait appris la première fois qu'ils avaient fait l'amour. Leurs langues explorèrent à nouveau la bouche de l'autre.

Les mains d'Andrea tâtonnèrent à la taille du jeune homme et il se mit à genoux, lui permettant un accès plus libre à son short. Il retourna le geste, dégrafant son jean coupé et le repoussant sur ses hanches. Elle ouvrit sa ceinture et dézippa son short à peu près au même moment. Il la prit dans ses bras et l'étendit sur la couverture. Andrea souleva ses hanches et Dennis fit glisser son short et sa culotte le long de ses longues jambes fines.

"Tu es si belle. Et," Dennis se pencha, souleva la jambe d'Andrea et fit courir sa langue le long de la peau lisse, "Tu as les jambes les plus sexy que j'ai jamais vues." Ses coups de langue devinrent des baisers, puis Andrea trembla alors que la bouche de son maître d'échecs se fixait sur sa chatte. Elle écarta largement les jambes et les redressa, plantant ses pieds sur la couverture. Sa langue glissa en elle et ses mains se glissèrent sur son ventre plat.

"Oh Dennis," souffla joyeusement Andrea alors que les mains du jeune homme couvraient ses seins. Ses doigts les explorèrent doucement, le bout de ses doigts tapotant les mamelons dans la douce fermeté. Sa langue dansait dans et hors de la chatte de la jeune athlète, maintenant s'enfouissant en elle, maintenant séparant ses boucles humides et lapant de haut en bas sa fente ouverte. Il s'arrêta et embrassa l'intérieur de chaque cuisse, la lécha puis replanta sa bouche sur sa chatte.

Andrea tremblait. Dennis n'avait pas seulement bien appris ce qu'elle lui avait appris, il avait manifestement pratiqué. Ses lèvres et ses doigts travaillaient en équipe et la jeune fille brune pouvait sentir son corps répondre et se diriger déjà vers un orgasme. Elle a brièvement débattu avec elle-même de se laisser aller comme les choses étaient, mais a décidé qu'elle voulait le corps de Dennis contre elle. Se penchant, elle attrapa ses bras et tira.

À sa grande surprise, le jeune homme s'arrêta simplement, la regarda et sourit avant de retourner son attention sur sa chatte humide et tremblante. Il taquinait son clitoris maintenant, le faisant rouler avec sa langue. Andrea tremblait de partout. Elle couvrit les mains de Dennis avec les siennes, les tenant fermement sur ses seins alors qu'elle étouffait un cri de plaisir. Dennis a dû sentir qu'elle approchait de son seuil, car au bon moment, il lui a pincé les mamelons et pressé son clitoris avec ses lèvres. Andrea n'aurait pas pu se retenir, en supposant qu'elle avait le moindre désir de le faire, et est venue en courant et un fort "Ouissss".

"C'est mieux," Dennis glissa sur le corps de la jeune athlète, la couvrant de lui-même. « MAINTENANT, nous pouvons faire ce que je pense que tu voulais il y a quelques minutes.

Andrea étouffa un sourire. Elle bailla et laissa ses yeux se fermer à moitié. "Eh bien, c'était alors. Je ne sais pas pour le moment. Je me sens endormi maintenant après ce joli coup de langue que tu m'as donné. Peut-être que j'ai besoin d'une sieste."

La bouche de Dennis s'ouvrit. Puis il vit la malice danser dans les yeux d'Andrea. Avec un faux grognement, il la prit dans ses bras. Dégoulinant déjà entre ses jambes, sa queue n'eut aucun mal à se glisser en elle. Il serra les bras et commença à entrer et sortir d'elle. Elle a roulé ses hanches pour le rencontrer, ses jambes pointées vers le ciel nocturne.

Julia avait tout oublié des jambes d'Andrea, Andrea, Dennis, le feu de camp, l'océan et le reste du monde. Son monde se réduisit à elle et George. George avait maintenant une prise ferme sur ses hanches et utilisait ses bras pour l'aider à monter et descendre sur sa queue tendue. La jeune étudiante tordait ses mamelons et cambrait son dos alors que ses jambes travaillaient sauvagement pour se faire rebondir de haut en bas sur George. Chaque fois qu'elle se laissa tomber sur lui pendant qu'il poussait, elle semblait atteindre un peu plus profondément à l'intérieur de l'étudiante. Elle pouvait sentir sa tête heurter son point faible.

La pom-pom girl aux cheveux noirs a poussé un cri étranglé. Incapable de résister, elle abandonna son mamelon droit et agita son bras au-dessus de sa tête.

"Monte-les cow-girl !" Elle haleta.

George rit sous elle. Le jeune homme changea de position, s'asseyant avec Julia toujours fermement empalée sur sa queue. Sa bouche se referma sur sa poitrine et ses mains agrippèrent son cul. Elle le sentit frissonner sous elle. Des lèvres agrippantes tirèrent sur son mamelon et des doigts puissants s'enfoncèrent dans ses fesses, la tenant droit contre lui. Julia cria, ne faisant aucun effort pour se taire maintenant alors que George inondait sa chatte tandis que son propre jus coulait sur sa queue et entre eux. George recula et Julia l'accompagna volontiers.

La petite partie de son esprit qui restait détachée sourit lorsqu'elle entendit un cri familier provenant d'une autre dune de sable. Andrea venait aussi. Tant mieux pour elle et tant mieux pour Dennis. Elle se blottit contre George.

Le soleil du matin retrouva les deux filles dans leur chambre. Il avait fait un peu froid pendant la nuit, trop frais pour rester sur la plage sans couvertures supplémentaires. Et il s'est avéré que les deux garçons n'avaient que le temps de faire une visite éclair. Tous deux avaient des jobs d'été et devaient rentrer. Le quatuor avait préparé un petit-déjeuner matinal avec le peu de nourriture restant dans la cuisine. Puis Andrea a embrassé Dennis et Julia a embrassé George et les deux filles avaient trébuché à l'étage et dans leur lit chaud après avoir vu les gars partir. Andrea ouvrit bien un œil après la pause du jour alors que son amie s'agitait.

"Bonjour, tête endormie."

Julia s'étira comme le petit chat qu'Andrea pensait souvent qu'elle était. "Bonjour à toi aussi."

"Avez-vous passé un bon moment la dernière fois?"

"Vraiment très bien." Andrea avait l'air pensif. "George est vraiment un gars adorable." Avant qu'Andrea ne puisse poursuivre cette ligne de pensée, la pom-pom girl lui sourit. « Et Dennis ? Comment va-t-il et comment allez-vous tous les deux ?

"Il va encore mieux", a avoué Andrea. Elle gloussa. "Je pense qu'il s'est entraîné et pas tout seul. Il n'a certainement rien désappris de ce que je lui ai appris. Il sait comment traiter une femme correctement. Comme George, je parie que sinon tu ne serais pas si intéressé par lui. "

« Qui a dit que je m'intéressais à lui ? Julia a tenté d'agir avec nonchalance. Étant donné que la douce Canadienne aux cheveux noirs était aussi transparente que du verre transparent, son acte a lamentablement échoué.

"Oh, ça doit juste être mon imagination, je suppose," répondit Andrea.

Les deux filles sortirent du lit. Julia attrapa une serviette, jeta un coup d'œil par la porte puis se dirigea vers la douche, vêtue uniquement du long t-shirt dans lequel elle dormait. Andrea regarda avec approbation la vue des fesses serrées de pom-pom girl de sa colocataire qui sortaient de ce t-shirt.

Un sourire tira les coins de la bouche de la brune. Peut-être que ce n'était pas ainsi qu'elle et Julia pensaient que la nuit précédente se terminerait, mais cela avait été très amusant. Et, elle jeta un coup d'œil à sa colocataire, qui lui rendit son regard avec des yeux pétillants, il y avait encore ce soir pour ce bain de minuit et une couverture partagée dans les dunes de sable.

CHAPITRE 5

« Qu'est-ce qu'il y a dans l'eau ? »

"Où?"

"Juste là-bas," fit la première voix.

« Je ne vois rien », renchérit une troisième personne. Cette fois, la voix était féminine.

"Là-bas." La première voix était maintenant exaspérée. "Deux objets sombres."

"Oui, eh bien, peut-être," vint encore une autre voix, celle-ci également féminine et semblant assez douteuse.

Normalement, cela aurait été une série de commentaires parfaitement anodins, certainement pas de ceux qui inciteraient Andrea MaGuire à rester complètement immobile, à l'exception de la main qui agrippait celle tendue de Julia Carraux. Les deux filles cessèrent de respirer. Après tout, ils avaient tous les deux la même pensée. Les personnes presque invisibles semblaient les regarder.

Bien sûr, il faisait nuit, bien après le coucher du soleil. Et le groupe d'inconnus ne voyait probablement pas très bien. Mais quand vous êtes deux étudiantes qui se baignent maigrement dans l'océan et que vous réalisez qu'un groupe inconnu de personnes vient peut-être de vous attraper, vous avez tendance à rester très, très immobile et à espérer que ces personnes s'en iront.

Même dans les circonstances, Andrea a dû étouffer un rire. Quand tous les deux en avaient parlé ce matin-là, se faire prendre avait été la dernière chose à laquelle ils pensaient...

(Plus tôt ce même jour)

Les deux filles étaient assises sur les marches de l'escalier en bois qui descendait vers la plage. Le bois non peint était argenté à cause de l'exposition aux éléments. Andrea jouait paresseusement dans le bois tandis que Julia serrait ses genoux sous son menton et regardait l'horizon.

Andrea sourit et se glissa un peu plus près de sa colocataire. Murmura-t-elle à l'oreille de Julia. "Tu penses à George?"

La pom-pom girl aux cheveux noirs sursauta, puis éclata de rire. "Peut-être un peu. Mais tu ne peux pas me dire que tu étais désolé de voir Dennis ou que tu n'as pas passé un bon moment hier soir. Même si ce n'était pas exactement ce que nous avions prévu." Andrea a souri et a hoché la tête en signe d'accord et Andrea a continué. "Je pensais surtout à quel point ces deux semaines ont été amusantes et à quel point je serai désolé de les voir se terminer."

Andréa a accepté. C'était super. Ils avaient nagé dans l'océan et pris un bain de soleil, fait la fête et fait l'amour entre eux et avec de nouveaux amis et d'anciens. Ils arboraient tous les deux un bronzage foncé, ininterrompu par de nombreuses lignes de bronzage. Les cheveux bruns d'Andrea étaient striés par la lumière du soleil tandis que ceux de Julia restaient d'un noir provocateur.

La maison qu'ils avaient partagée avec huit autres amis était maintenant à moitié vacante. Quatre des autres étudiants étaient déjà partis. Seuls David et sa petite amie Beth sont restés avec les deux colocataires. Andrea allait emmener Julia dans la ville voisine demain afin qu'elle puisse prendre un vol pour son domicile au Canada. Après cela, la plus grande fille du Sud conduirait chez elle chez l'autre parent en Géorgie.

Andrea glissa un bras autour de son amie plus petite et la serra dans ses bras. "Eh bien, penses-y de cette façon. Nous avons de merveilleux souvenirs, nous ne tarderons pas à nous revoir à l'automne et," ses yeux verts scintillèrent, "Nous avons encore ce soir."

Julia sourit à son amie et s'appuya contre elle. Une main se posa entre eux et Andrea se raidit alors que le bout des doigts dansait à l'intérieur de sa cuisse. "En effet," chuchota la pom-pom girl aux cheveux noirs à sa meilleure amie.

La journée s'écoula lentement. Les filles revinrent à la maison, s'assurant qu'elle était d'une propreté éclatante. Le lendemain matin, ils lavaient les draps du lit et les suspendaient. Dave et Beth ont promis de faire les lits avant de déposer la clé de la maison.

Enfin la nuit arriva. Plaidant la fatigue, David et Beth se retirèrent tôt dans leur chambre. Andrea et Julia se détendirent dans le petit salon, lisant et se remémorant doucement les agréables soirées que tout le groupe avait passées ici. Andrea avait déjà soigneusement emballé l'enregistrement que Julia avait fait de toutes les chansons de la comédie musicale "Once Upon a Mattress", de la production théâtrale de printemps qu'Andrea avait regardée dans laquelle tout le groupe avait chanté et dansé jusqu'à la première nuit où ils étaient dans le loger.

Finalement, une lumière argentée a commencé à inonder les fenêtres avant et les filles se sont souri. la lune était levée. Se glissant par la porte d'entrée, ils récupèrent les couvertures et les serviettes précédemment cachées sur le siège arrière de la vieille Dodge Dart d'Andrea. Ils avaient leurs maillots de bain sous leurs shorts et leurs hauts, mais Andrea avait déjà conçu une idée à ce sujet et avait un petit sourire méchant sur son visage alors que le duo descendait les marches sur lesquelles ils s'étaient assis ce matin-là.

Une reconnaissance préalable les avait amenés à découvrir leur destination actuelle. Un petit coude du rivage avait creusé un creux dans les dunes de sable. À quelques mètres de la ligne de marée haute, le creux confortable était à l'abri du vent et protégé de toute observation occasionnelle même pendant la journée. Les filles ont étalé la couverture de plage qu'elles avaient apportée et ont rangé les serviettes pour se sécher après la baignade.

Julia retira son t-shirt et dégrafa son short en jean. Elle les a lancés, la laissant vêtue uniquement d'un bikini noir. Le bruissement à proximité lui fit savoir que sa colocataire était probablement maintenant dans sa tenue rouge tout aussi élégante. Elle se tourna et cligna des yeux.

Andrea était hors de ses vêtements. Elle était hors de TOUS ses vêtements. Le clair de lune brillait sur son corps bronzé, complètement nu. Des dents blanches brillaient alors qu'elle souriait.

"Que faites-vous?" chuchota Julia, alors même qu'Andrea s'avançait vers elle.

"Nous sommes seuls," dit doucement la grande fille. Ses mains se glissèrent derrière le dos de Julia et défirent les liens qu'elle y trouva. "Personne ici sur la plage à part nous." Elle fit descendre le haut noir des bras de Julia et le jeta sur ses autres vêtements. « Allez, allons nous baigner. » La jeune athlète s'agenouilla et, comme elle l'avait fait de nombreuses fois auparavant avec d'autres vêtements, fit glisser le bas minuscule sur les jambes de son ami et amant. Sautant sur ses pieds, Andrea attrapa la main de Julia. "Allez!"

Les deux filles coururent jusqu'au bord de l'eau. De la mousse tourbillonnait autour de leurs pieds. Julia a protesté. "Il fait trop froid!."

"Comme si cette petite tenue allait te garder au chaud," se moqua l'autre fille. Elle a pataugé plus loin dans l'eau. "Ça ira une fois que tu seras dedans." Conformément à ses mots, Andrea plongea dans le disjoncteur suivant alors qu'il roulait vers le rivage.

Julia serra les dents et pataugea. Comme promis cependant, elle a trouvé que l'eau était plus chaude que la température de l'air. Andrea refit surface et roula sur le dos, nageant paresseusement parallèlement au sable. Julia a eu son propre sourire méchant. Avec juste sa tête visible, elle a attendu que l'autre fille passe et se jette sur elle, la plongeant dans l'eau de mer salée.

Andrea est arrivée en crachotant. "Toi ! Tu vas payer pour ça !"

"Tu dois m'attraper," railla Julia. Elle a pataugé dans l'eau avec son colocataire à sa poursuite. Les jambes plus longues d'Andrea l'ont portée plus vite dans l'eau. Julia s'éloigna de la plage, pataugeant dans des eaux plus profondes. Les deux filles rirent joyeusement.

Juste au moment où Andrea était sur le point d'attraper son amie, Julia regarda soudainement vers le rivage et haleta.

"Oh mon Dieu."

"Quoi ?"

« Shhhhhh. Tu n'entends pas ?

Andrea tendit l'oreille pendant un moment puis réalisa ce que Julia chuchotait. Des voix flottaient le long de la plage, se rapprochant. Les filles regardèrent follement autour d'elles. Réalisant qu'il n'y avait pas le temps de se précipiter vers le rivage et certainement pas d'endroit où se cacher derrière dans l'eau, ils se sont abaissés dans l'eau jusqu'à ce que seules leurs têtes soient hors de l'eau. Ils dansaient légèrement avec les vagues entrantes et essayaient d'étouffer leur respiration.

Un groupe de formes indistinctes s'approcha. Les deux filles dans l'eau ont cessé de respirer quand l'une a ralenti et s'est tournée vers elles. La conversation a commencé sur ce qui pourrait être dans l'eau. Pendant ce qui sembla être au moins une heure, mais probablement pas plus de 30 secondes, les deux filles restèrent aussi silencieuses que possible. Puis la voix qui avait d'abord attiré l'attention du groupe sur le surf parla.

"Je suppose que ça n'a pas d'importance. Allons-y." Les formes reprirent leur mouvement le long de la plage. Finalement, ils contournèrent une courbe du rivage et disparurent. Les deux filles ont couru sur la plage et dans les dunes, trouvant leur couverture et leurs vêtements intacts. Au moment où ils se regardèrent et poussèrent un soupir de soulagement partagé, ils furent pris d'un fou rire.

Les rires se sont transformés en rires. Bientôt les deux jeunes femmes se serrèrent l'une contre l'autre, tentant de se calmer après leur échappée de justesse.

Lentement, les rires s'éteignirent, mais les étudiantes ne firent aucune tentative pour se libérer. Au lieu de cela, les mains commencèrent à bouger, chaque fille explorant l'autre. Il n'y avait aucune partie du corps de l'autre que les deux amants n'étaient pas familiers, mais les caresses douces se passionnaient toujours, tout comme elles l'avaient fait la première nuit où le couple avait découvert leur attirance.

Changeant de position, ils s'agenouillèrent face à face. Quatre mamelons durcissants brossés d'avant en arrière. Andrea passa ses doigts dans les cheveux noirs humides, prenant le visage devant elle alors que ses lèvres rencontrèrent celles de Julia. L'autre fille lui rendit le baiser, la bouche s'ouvrant pour admettre la langue interrogatrice. Ses propres mains coururent le long des côtés de sa colocataire et se posèrent sur les petits seins athlétiques.

Andrea gémit profondément dans la bouche de son amie et laissa tomber sa main droite sur le ventre plat de Julia. Ses doigts se glissèrent sur la bosse du monticule de son amie pour saisir les boucles noires humides. C'était maintenant au tour de Julia d'égaler les gémissements d'Andrea.

Les langues glissèrent l'une sur l'autre dans leur danse désormais familière. Julia a roulé des mamelons roses durs et Andrea a enroulé un doigt entre les lèvres de la pom-pom girl et a plongé dans la chatte humide. Les baisers devinrent plus sauvages. Chaque mouvement du doigt d' Andrea déclenchait un resserrement des doigts de Julia jusqu'à ce qu'elle pince et tire les mamelons du coureur. Les deux filles tremblaient déjà. Puis les bras de Julia entourèrent Andrea et le duo tomba de côté vers la couverture et le sable doux en dessous.

Les étudiantes ont fait des allers-retours avec Julia se retrouvant finalement au-dessus de son amie brune. Sa bouche avait remplacé ses doigts sur le sein droit d'Andrea, sa cuisse enfoncée entre les longues jambes qui étaient écartées sous elle. Les mains d'Andrea coururent le long du dos lisse au-dessus d'elle et se posèrent sur les fesses serrées, attirant la Canadienne durement sur elle. Les deux corps se tendirent l'un contre l'autre. Julia ferma les dents sur le mamelon d'Andrea et tira. L'autre fille haleta, ses doigts s'enfonçant dans le cul de Julia.

Julia mordit sur le nœud dur, puis le relâcha soudainement et jeta son petit corps vers le haut, verrouillant une fois de plus sa bouche sur celle de l'autre fille. Andrea enroula ses longues jambes de coureur autour de Julia, se redressant avec ses hanches alors que la fille aux cheveux noirs s'écrasait presque sauvagement contre son amie. Le triangle noir entre les jambes d'une fille roula contre le brun de l'autre. Les jus coulaient, se mêlant les uns aux autres. Des clitoris sans capuchon se sont battus en duel, se grattant l'un contre l'autre et glissant le long de fentes humides ouvertes.

Andrea s'arqua, ses doigts ratissant la douceur du cul de Julia. Les cris de Julia furent étouffés par les baisers sauvages que les deux filles échangèrent, leurs lèvres se pinçant et leurs langues s'élançant. Un flot de nectar enroba les deux jeunes femmes, se heurtant l'une à l'autre où elles furent écrasées l'une contre l'autre et le long de cuisses fermes.

Aucun mot n'a été échangé lorsque les frissons ont ralenti. Au lieu de cela, Julia s'est levée sur ses mains et ses genoux pour chevaucher sa colocataire. Elle a ensuite tourné son corps et s'est abaissée sur Andrea. Elle commença à lécher l'intérieur des cuisses de son amie, lapant l'humidité qui les goûtait toutes les deux.

La fille du bas a répondu immédiatement. Sa langue écarta les lèvres gonflées et dégoulinantes au-dessus d'elle, faisant des va-et-vient dans la fente ouverte de Julia. L'odeur était enivrante, le mélange des jus de leur femme combiné à la chaleur de leurs corps faisait presque tourner la tête d'Andrea. Elle plongea dessus, léchant et enroulant sa langue à l'intérieur de son amie, savourant le merveilleux goût de son amant combiné avec son propre sperme.

Le deuxième orgasme partagé pour le couple est arrivé presque aussi vite que le premier. Les deux filles étaient si familières l'une avec l'autre, leurs humeurs, leurs corps, les signaux subtils qui faisaient savoir à l'autre qu'elles approchaient du gouffre. Julia enfouit son visage dans la chatte d'Andrea et y enfonça sa langue . Andrea enroula ses bras autour de la taille de Julia et tira, utilisant sa propre langue comme une lance pour pénétrer le corps de sa colocataire et le maintenir ouvert.

Ils s'abreuvèrent l'un à l'autre, comme ils l'avaient fait tant de fois auparavant, et l'aimèrent cette fois autant que la première.

Ils se sont retrouvés dans les bras l'un de l'autre après que les répliques se soient estompées, se blottissant. bras et jambes entrelacés. Respiration ralentie à des niveaux proches de la normale. Chacun pouvait sentir le cœur de l'autre se calmer. Ils se détendirent, se contentant de se tenir l'un l'autre jusqu'à ce que Julia frissonne.

"La brise se lève."

"Ça l'est," acquiesça Andrea, qui s'assit, se détachant de son amie. Une fois de plus, Julia appréciait le clair de lune qui brillait sur le corps à côté d'elle, un corps qui montrait l'humidité de l'effort ainsi que les nectars de fille partagés. "Écoutez, vous pouvez l'entendre dans les arbres près de la route côtière."

Julia s'assit et attrapa des vêtements abandonnés. "Ce n'est pas que je n'aime pas le son de ça, mais je deviens FROID."

Andrea rit du fond de sa gorge. Elle bondit sur ses pieds et leva les bras, laissant la lumière argentée danser sur elle pendant un long moment. Puis elle tomba soudainement à quatre pattes, à la recherche de ses propres vêtements abandonnés. "Putain de vache, il FAIT froid."

« Je déteste monter à la maison mais je suppose que nous allons devoir le faire.

« N'aie pas peur, belle demoiselle », dit Andrea en fouillant dans le matériel qu'elle avait apporté, tout en enfilant ses vêtements. Triomphante, elle exhiba une autre couverture, celle-ci large et épaisse. "Je pense que si nous devenons très, TRÈS proches, nous pouvons doubler cela sur nous et être bien au chaud."

"Eh bien," taquina Julia. "Je suppose que je pourrais me rapprocher de toi. Mais tu dois promettre de ne pas profiter de moi."

Andrea a étreint sa colocataire. "C'est un marché."

En hâte, les deux filles ont ramassé du sable sous la première couverture pour en faire un oreiller. Ils se recouchèrent ensemble, se couvrant de la seconde couverture. Julia posa sa tête sur l'épaule d'Andrea.

"Meilleur ?"

"Beaucoup." Julia bâilla, un signal qu'Andrea accepta presque immédiatement. "Tu as raison, le vent dans les arbres semble effrayant, mais aussi très réconfortant. Surtout maintenant qu'il fait beau et chaud ici."

Le soleil pointa à l'horizon le lendemain matin, brillant sur l'eau et le sable. Finalement, il s'éleva assez loin pour franchir la dune cachant les deux formes blottis. Andrea cligna des yeux, puis s'étira. Julia s'assit. Ce n'était pas la première fois que la brune pensait à quel point son ami et amant était adorablement alité le matin.

Contrairement à la nuit dernière, l'air de ce matin était calme. Le bruissement des arbres près de la route a été remplacé par le doux fracas des vagues à la marée montante. Les filles ont enroulé la couverture supérieure tout en s'asseyant et ont regardé le soleil se lever le reste du chemin.

"Ça a été si beau. J'aurais aimé que ça ne se termine pas." remarqua Julia avec nostalgie.

"Je sais." Andrea passa un bras autour des épaules de sa colocataire. Tous deux restèrent silencieux pendant une minute, puis Andrea continua. « Est-ce que tout nous échappe Julia ? Ces deux dernières années ont été merveilleuses.

Julia regarda l'autre fille. "Ce n'est pas fini. Nous avons encore une année d'école devant nous."

La jeune athlète se secoua. "Bien sûr que nous le faisons. Et ce sera la meilleure année de notre vie à tous les deux." Elle se leva et aida son amie à se relever. Ils rassemblèrent leurs affaires et s'embrassèrent. "Maintenant, je dois vous emmener à l'aéroport de la ville et ensuite je dois rentrer chez moi."

Les deux filles montèrent les marches. Tous deux s'attardèrent un instant. Puis Andrea a commencé le sentier vers la maison. Julia regarda l'océan une fois de plus, puis son colocataire, ami et amant.

"Je me demande, reverrons-nous jamais quelque chose comme ça ensemble?" Elle secoua la tête comme pour s'éclaircir et se mit au trot pour rattraper son retard.

En fait bien que les deux filles ne le savaient pas, elles seraient bel et bien de nouveau ensemble sur une plage un jour lointain dans le futur et une multitude de choses auraient changé.

LA PROFESSEURE

CHAPITRE I

Isabel Carter ferma les yeux un instant. Le balancement du vieil autobus sur ses ressorts usés alors qu'il grondait sur la route était presque soporifique. Seulement presque, parce qu'il sifflait et craquait et que le moteur claquait. Ses yeux s'ouvrirent quelques secondes après leur fermeture. Devant elle, M. Stanton du bureau des entraîneurs sportifs du collège luttait avec le volant, les yeux fixés sur la route sombre devant lui. Bien. Il était éveillé et conduisait prudemment. Mais ensuite, il dormait généralement dans le bus, probablement pendant toute la durée de la rencontre.

Merde, grommela la femme de 35 ans aux traits pointus, aucune des équipes des garçons, sauf peut-être l'équipe d'échecs, voyageait comme ça. L'équipe de football s'envolait même pour des matchs à l' extérieur de la ville maintenant. Les équipes de baseball et de basket-ball et oui, même l'équipe masculine d'athlétisme, sont allées dans les nouveaux bus climatisés de style Greyhound, pas dans ce vieux piège à hochets. C'était en 1986 pour l'amour de Dieu. Quand l'administration allait-elle se réveiller pour le sport féminin ?

Bien sûr , ces vieux fuddy-duddies dans cette tour d'ivoire appelée le bureau du président du Collège n'avaient pas réalisé que c'était un nouveau jour et que de nouvelles idées balayaient le pays. Même les manifestations et les sit-in ne les avaient pas sensibilisés à l'idée de l'égalité et de l'importance de l'athlétisme féminin.

Ses yeux parcoururent l'intérieur sombre du bus. Elle ne pouvait vraiment distinguer personne mais elle savait où toutes ses filles étaient entassées. Elle les connaissait et s'en souciait. Elle savait avec qui la plupart d'entre eux sortaient et quelles étaient leurs notes, ainsi que des sujets tels que les événements auxquels ils brillaient et qui dirigeaient les meilleurs relais ensemble. Elle savait qu'au moins l'un d'entre eux avait des relations sexuelles avec l'un de ces hommes très haut placés dont elle se plaignait silencieusement. Elle se sourit à elle-même. C'était bien. Ses yeux cherchèrent à localiser les deux filles qui appréciaient certains jeux auxquels elles jouaient avec elle dans son bureau avec les portes verrouillées.

Elle renifla. C'était autre chose. Cette fille dont le nom ne sera pas nommé pourrait discrètement passer la nuit dans l'appartement hors campus d'un certain professeur masculin et personne ne dirait un mot. Mais que Rhonda ou Daphné passent la nuit chez elle et elle serait au chômage le lendemain. L'amour libre ne s'étendait pas aux lesbiennes, même de nos jours.

Les nuages de la nuit se sont séparés et le bus a été éclairé par la demi-lune. Isabel pouvait voir clairement les membres non seulement de son équipe mais aussi les membres plutôt inconnus de l'équipe de cheerleading qui les avaient accompagnés à la rencontre. C'était gentil de leur part, reconnut-elle. Ils n'étaient pas tenus de le faire, même si la plupart d'entre eux étaient des remplaçants. Elle tendit les yeux vers l'arrière où deux filles dormaient sur le même siège.

Andrea Martin était l'une de ses filles. La brune élancée aux longues jambes était douée pour les haies mais encore meilleure pour les longues distances. Elle portait ses cheveux longs pour une athlète et aimait les laisser tomber en boucles douces autour de ses épaules. Elle était étudiante en arts du théâtre, un domaine plutôt inhabituel alors que la plupart de ses coéquipiers étaient des majors en éducation physique. Isabel a brièvement apprécié l'un des fantasmes qui l'impliquaient; un fantasme impliquant son bureau, son strapon et les longues jambes de la jeune femme.

Elle ne connaissait vraiment pas la colocataire d'Andréa, Julia Carraux . L'autre fille venait de quelque part au Canada, vivant avec des parents américains pour lui permettre d'aller à l'école ici. Elle était, de toutes choses, une majeure en mathématiques. Pas exactement ce à quoi on pensait quand le mot "Cheerleader" est venu à l'esprit. Isabel renifla à nouveau. Quelle pensée idiote. Parfois, les choses les plus difficiles à repérer étaient vos propres préjugés, même si vous vous plaigniez de ceux des autres. Elle prit une position plus confortable et ferma les yeux.

Les deux colocataires au fond étaient blottis l'un contre l'autre, mais ils ne dormaient pas. Andrea avait pris une douche et changé de vêtements après la rencontre d'athlétisme, mais la jeune brune avait enfilé sa tenue habituelle de short et une chemise ample sans manches pour aller avec ses chaussettes blanches et ses chaussures de course. Julia , légèrement plus petite et aux cheveux noirs , portait toujours sa tenue de pom-pom girl rouge vif et jaune. Elle appuya sa tête contre l'épaule de son amie et étudia la coach féminine à l'avant du bus à travers les cils de ses yeux apparemment fermés.

"Miss Carter vous regardait encore," murmura-t-elle sans bouger les lèvres. Elle gloussa doucement. "Elle veut te jeter sur ce canapé en cuir dans son bureau et te baiser."

"Comment sais-tu que c'est moi ?" répondit Andrea, ses lèvres posées contre les cheveux de Julia. "Je l'ai vue regarder tes jambes pendant que tu applaudissais. Chaque fois que ta jupe remontait, elle se léchait les lèvres. J'ai entendu dire qu'elle avait un de ces trucs de type harnais qui lui permet de baiser une fille comme si elle était un homme. Je parie elle pense à une pom-pom girl sexy allongée sur ce canapé avec sa jupe relevée et ses jambes écartées."

« Vraiment ? Elle a vraiment un de ces qu'est - ce que c'est ?

« Strapons , je pense qu'ils s'appellent. J'ai entendu Rhonda Kelly en parler avec quelqu'un dans la salle de douche du gymnase un jour. Je me demande combien de membres de l'équipe Miss Carter a déjà eu ?

"Es tu intéressé?" Julia a demandé. Les filles ont partagé un rire inaudible au-delà de leur siège. Les deux étaient amis avant de devenir amants. Ni l'un ni l'autre n'avaient retenu l'attention des autres filles ou garçons, bien qu'ils n'aient refusé qu'un seul lit les nuits où ils étaient tous les deux dans leur chambre. "La variété est le piment de la vie, surtout à l'université", était leur devise. Ni l'une ni l'autre n'étaient des

LUGS (lesbiennes jusqu'à l'obtention du diplôme). Ils voulaient juste s'amuser. Bien qu'ils se souciaient profondément l'un de l'autre, ils n'avaient pas de véritables plans pour la vie après l'obtention de leur diplôme ensemble. Bien sûr, pour le moment, ils n'avaient aucun plan pour AUCUNE vie après l'obtention de leur diplôme. "En ce moment ", était leur préoccupation.

"Peut-être que oui. Mais je pense que cette fille blonde, Deborah, trois portes plus loin dans le couloir pourrait être un projet plus intéressant. J'ai remarqué qu'elle avait genre deux rendez-vous à l'automne et depuis plus rien. Je jure que je l'ai vue tourner sa tête quand quelqu'un d'attrayant passe devant elle."

« Vraiment ? Elle est mignonne. Mais en parlant de filles, j'ai vu la surveillante du dortoir Meredith l'autre jour. Tu revenais de l'entraînement et ses yeux étaient tellement fixés sur tes jambes que j'ai cru qu'elle allait se cogner contre le mur. "

"Tu plaisantes. Wow. C'est une senior. C'est excitant."

Julia remua comme si elle essayait d'un air endormi de se mettre plus à l'aise contre l'épaule de sa colocataire. Ses doigts touchèrent la ceinture du short d'une autre fille. Elle sourit dans les cheveux flottants et glissa sa main dans l'espace entre le haut du short et le bas de la chemise et sur le ventre tendu.

« Julia, » vint un murmure féroce, « Qu'est-ce que tu fais ?

Julia ne répondit pas. Au lieu de cela , sa main prit celle d'Andrea et l'attira vers elle. Ecartant ses jambes, elle glissa la main de l'autre fille sous sa jupe.

Les doigts d'Andrea touchèrent Julia. "Bon Dieu," marmonna-t-elle. "Tu n'as pas de culotte."

"Non, je les ai enlevés avant de monter dans le bus."

"Un de ces jours, tu vas oublier et faire ça AVANT d'applaudir," siffla Andrea, alors même que ses doigts jouaient avec les fins poils noirs sur la chatte de Julia.

« Qui va se plaindre ? Toi ? Je te connais. Tu serais souriant.

"C'est parce que tu es la fille la plus sexy du campus."

"Menteur." Laissant la main d'Andrea entre ses jambes, les doigts de Julia remontèrent sous la chemise d'Andrea. « J'ai encore enlevé ton soutien-gorge, je vois. Elle caressa le petit globe ferme, son index frôlant le mamelon raidi.

"Si tu n'arrêtes pas ça, Lisette," Andrea hocha légèrement la tête vers la fille assise la plus proche d'eux, "Ça va devenir suspect."

"Pourquoi dirais-tu ça?" Julia étouffa soudainement un halètement lorsque deux des doigts d'Andrea trouvèrent sa fente humide et l'ouvrirent doucement. « Et qu'est-ce que tu penses qu'elle pourrait penser, ainsi que tout le bus, quand je commencerai à crier ton nom ?

"Ne crie pas alors." Les doigts glissèrent plus profondément à l'intérieur et toute conversation cessa.

Julia enfouit son visage dans l'épaule de sa colocataire, étouffant un gémissement involontaire. Andrea pressa le talon de sa main contre le clitoris de Julia, le frottant en petits cercles au rythme des deux doigts qu'elle avait plongés à l'intérieur des parois soyeuses et serrées de Julia. Les hanches de Julia sursautèrent pour rencontrer chaque torsion des doigts de sa colocataire. Elle se déplaçait d'avant en arrière en opposition à la pression de la main sur son clitoris palpitant.

Un des doigts de Julia rejoignit le pouce placé sur le mamelon d'Andrea. Attrapant le nœud raidi entre eux, ils serraient chaque fois que les doigts de l'autre fille se pressaient en elle. Alors que le mouvement de la main d'Andrea devenait plus rapide et plus exigeant, Julia serra de plus en plus fort le mamelon rose dur. Elle prit le sein avec le reste de sa main dans une prise ferme.

L'humidité coula sur les doigts d'Andrea. Julia bougea son visage une fois de plus, ses lèvres repoussant le col lâche de la chemise d'Andrea. Elle cherchait une rougeur foncée sur le bas du cou, montrant là où elle avait marqué sa colocataire récemment en faisant l'amour. Alors que ses muscles internes tendus se verrouillaient sur les doigts d'Andrea, elle ferma les dents au même endroit et pinça également le mamelon qu'elle tenait encore plus fort. Les yeux d'Andrea s'ouvrirent brusquement et elle se mordit la lèvre inférieure alors qu'elle sentait son amie frissonner et ses doigts devinrent soudainement encore plus humides.

Lorsque les deux filles cessèrent de frissonner, Julia jeta un coup d'œil dans les environs immédiats. Faisant toujours semblant de dormir, elle ouvrit à peine les yeux. Andrea est restée immobile mais ses yeux grands ouverts ont également scruté le bus. Ils retinrent tous les deux leur souffle, essayant de voir si quelqu'un avait remarqué la légère agitation sur le siège arrière.

"Ouf," murmura Julia. Elle eut un petit rire. "C'était excitant."

"J'espère que ça te tiendra jusqu'à ce que nous retournions dans la chambre," murmura son amie en retour.

"Mmmm, tu as des projets pour ça ?"

"J'ai toujours des projets pour toi et moi. Je jure, est-ce que tu glisses quelque chose dans ma nourriture ?"

"Pas depuis ces brownies le week-end du concert." Il y eut un autre rire doux dans les cheveux d'Andrea. "Ça ne te dérangeait pas que je ne porte pas de culotte cette fois-là."

"Le lanceur numéro un de l'équipe de baseball non plus. Nous avons de la chance que la saison soit terminée. Je ne pense pas qu'il ait récupéré avant une semaine."

Le silence revint sur le siège arrière et après un moment les deux filles s'assoupirent. Peu de temps après, avec un crissement de freins, le bus s'est arrêté au gymnase. La porte s'ouvrit en grinçant et les lumières s'allumèrent. Tout le monde s'est levé et s'est étiré. Julia sortit précipitamment la serviette du sac de sport d'Andrea et tapota le siège en cuir craquelé.

Isabel a fait signe aux filles endormies de descendre du bus une par une, attendant au bas des marches pour les faire pointer vers leurs bagages et vers leurs dortoirs.

"Non, comme ça Roxanne, tu vas dans la mauvaise direction. A demain à l'entraînement Tina. Ursula, tu bloques le monde là-bas, bouge. Rhonda," les yeux de la femme se fixèrent sur la blonde de 20 ans , "Rendez-vous dans mon bureau demain vers 22h."

"Julia," sourit Isabel alors que la dernière paire de filles atteignait le haut des marches, "Tu as laissé tomber tes clés." Elle pointa derrière la fille qui se tenait en haut des marches.

"Merci Miss Carter ," répondit la jeune fille. Elle se tourna à mi-chemin, se pencha et les ramassa. Elle dévala les marches, attendit que sa colocataire la rejoigne et qu'ils soient tous les deux, les derniers partis, partis dans le noir. Isabel resta un instant immobile. Elle ferma la porte, fit un signe de la main à Gene Stanton et se dirigea lentement vers son bureau, son sac sur l'épaule et son esprit en pleine réflexion.

Elle déverrouilla la porte, alluma la lampe sur la table d'appoint puis ferma la porte derrière elle. Elle regarda sa montre. Ça ne sert à rien de rentrer à la maison maintenant. Elle enleva ses chaussures et s'allongea sur le canapé. Elle posa un bras sur ses yeux. L'autre main se glissa jusqu'à son pantalon.

Elle détacha la ceinture et dézippa son pantalon. Sa main glissa dans sa culotte et elle se toucha.

Alors, avait-elle vraiment vu ce qu'elle pensait avoir ? Ses doigts ont écarté les poils coupés de sa chatte et ont commencé à caresser doucement la fente prête. Elle avait, elle le savait. Julia ne portait pas de culotte. De plus, les lèvres de sa chatte étaient assez gonflées et humides. De toute évidence , quelqu'un y avait participé. Isabel enroula deux doigts à l'intérieur d'elle-même et commença à se branler sérieusement sa propre chatte. Peut-être s'était-elle simplement masturbée. Peu probable. Isabel se souvenait de la façon dont les deux jeunes femmes s'étaient blottis l'un contre l'autre. Il n'y avait pas d'autre réponse. Andrea avait manifestement doigté sa colocataire sur le chemin du retour. Isabel réprima un gémissement alors que ses doigts l'amenaient au bord où elle avait chancelé toute la journée.

"Eh bien, jeune fille," gémit Isabel alors qu'elle atteignait son apogée, son esprit fixé sur les jambes brillantes de son coureur de fond . "Je pense que toi et moi avons besoin d'avoir une conférence ici assez tôt."

Les espoirs et les fantasmes d'Isabel auraient été agréablement confirmés si elle avait pu voir le dortoir partagé par l'objet de son attirance et la mignonne pom-pom girl. Au moment où la porte se referma derrière eux, les deux filles furent enfermées dans les bras l'une de l'autre, se déversant des baisers sur le visage. Andrea dézippa la tenue de pom-pom girl de Julia et la descendit jusqu'à sa taille. Julia a répondu en saisissant le t-shirt d'Andrea et en le tirant par-dessus sa tête et en le jetant de côté avant d'attraper l'ourlet du short de son amant et de le baisser.

Andrea a tenté en vain d'arrêter Julia mais la fille aux cheveux noirs lui a échappé. Alors même qu'elle luttait pour enlever sa tenue, Julia se mit à genoux et commença à embrasser le monticule de sa colocataire. D'une manière ou d'une autre, ses contorsions se sont terminées avec elle vêtue uniquement de ses baskets et de ses chaussettes blanches. Ses mains aidèrent Andrea à sortir de son short pendant que sa langue descendait à l'intérieur de la cuisse de l'autre étudiante.

" Julia !" protesta Andréa.

La voix de Julia était étouffée alors que ses lèvres touchaient la chatte d'Andrea. "Quoi ? C'est ce que tu avais l'intention de me faire, n'est-ce pas ? Je viens juste de t'avoir en premier. C'est mon tour de toute façon. Tu m'as eu dans le bus."

"Mais je n'ai pas pu... ohhhh ."

Andrea s'était préparée à plaider sa cause, mais elle a simplement soupiré de bonheur lorsque la langue de sa colocataire s'est glissée en elle. Fermant les yeux, elle gémit doucement alors que Julia se précipitait dans et hors de sa chatte. Les mains agiles de la pom-pom girl glissèrent jusqu'à ce qu'elles tiennent les fesses fermes de la coureuse, la tirant vers l'avant. Julia pressa son visage entre les longues jambes fines devant elle et se mit à fouetter sa colocataire.

Toujours excitée par leur rencontre secrète dans le bus, il ne fallut pas longtemps avant qu'Andrea commence à haleter et que ses hanches se mettent à avancer, frottant son buisson sur la bouche de Julia. Julia pencha sa tête sous l'autre fille et enfonça sa langue aussi profondément qu'elle le pouvait le long des murs intérieurs d'Andrea. Connaissant le corps de sa colocataire, elle sentit les premiers spasmes parcourir son amant et ferma sa bouche ouverte sur Andrea alors que l'explosion libérait le flot de jus de fille.

Quand Julia se leva, le visage humide et brillant, Andrea l'attrapa dans une étreinte serrée, embrassant sa colocataire et savourant le goût d'elle-même sur les lèvres de Julia. Bras l'un autour de l'autre, ils titubèrent presque jusqu'à l'un des lits et jetèrent les couvertures avant de s'effondrer sur le matelas. Il y eut un moment d'hilarité confuse alors qu'ils luttaient pour enlever leurs chaussures et leurs chaussettes, un moment qui aurait pu mener à plus s'ils n'avaient pas été aussi fatigués.

Julia posa sa tête sur l'épaule d'Andrea et caressa doucement son ventre plat et maigre. L'autre fille embrassa le haut des cheveux noirs de Julia et passa un bras autour d'elle.

« J'aimerais pouvoir mettre un lit double ici, » bâilla Andrea. "Même si je t'aime contre moi, je souhaite parfois que nous ayons un peu plus de place."

Un doux rire lui chatouilla l'épaule. "Je pense que la façon dont nous passons la nuit ensemble est peut-être un peu évidente. Bien que je pense qu'aucun de nous ne se soucie des commérages des dortoirs ou des rumeurs du campus, pouvez-vous imaginer ce qui se passerait si nos parents passaient soudainement ? "

"Oh mon."

"En attendant," Julia se blottit plus près, "Allez-vous laisser Miss Carter vous attraper ?"

"Eh bien, bien sûr que je le ferai," répondit Andrea d'une voix endormie. "Mais je vais la forcer à me poursuivre avant que je ne cède."

"Dites-moi comment ça se passe."

"Oh, si ça se passe aussi bien que je l'espère, tu seras certainement le premier à l'avoir."

CHAPITRE II

Julia Carraux bougea légèrement son corps, à peine consciente de ce qu'elle faisait. Son attention était concentrée sur la vue devant elle. Elle regarda le rebond, tantôt lent, tantôt rapide. Elle a regardé le balancement et la récupération. C'était comme si elle était hypnotisée, ou peut-être était-elle devenue un petit animal hypnotisé par le prédateur devant elle. La voix douce et apaisante qui parvenait à ses oreilles semblait être dans une langue étrangère qu'elle ne comprenait pas mais qu'elle aspirait à connaître. Bref, elle était complètement accro.

La jeune étudiante avait récemment suivi les conseils de son conseiller pour aller de l'avant et éliminer certains des cours de base qu'elle avait initialement sautés dans sa hâte d'étudier les mathématiques qui la fascinaient tant. Elle avait décidé de terminer son exigence de langue étrangère en premier. Étant canadienne, bien qu'elle ne soit pas québécoise, elle parlait déjà un peu le français et pensait que cela lui faciliterait la tâche, lui laissant plus de temps pour ses études sérieuses.

Elle avait eu raison et tort. Elle n'a eu aucune difficulté avec le cours. Ses bases de base dans la langue lui ont permis de garder facilement une longueur d'avance sur la classe. C'était le PROFESSEUR qui lui faisait passer des nuits blanches.

Non pas qu'elle soit seule dans ce cas, elle en était tout à fait sûre. Dès le premier jour de classe, tous les étudiants masculins qui avaient manifesté le moindre intérêt pour le sexe féminin étaient tombés sur eux-mêmes chaque fois qu'on avait même laissé entendre que le professeur Sylvia Teverin était proche. Car non seulement la grande instructrice était à la fois blonde et magnifique, mais elle avait les jambes les plus longues et les plus spectaculaires que Julia se souvienne avoir jamais vues. La trentenaire était bien consciente de leur attrait et ne cherchait pas à les cacher. En effet, elle portait des jupes qui, bien que pas très courtes, étaient coupées pour lui permettre de montrer ces jambes à leur meilleur avantage.

La première journée de cours avait démontré que Mademoiselle Sylvia, comme elle préférait qu'on l'appelle, était capable d'attirer l'attention de tout le monde, et aussi de la détourner sur le sujet quand elle le voulait. Elle faisait face à la classe, elle était assise derrière son bureau, elle se tenait derrière son podium. Cependant, lorsqu'elle se tourna et écrivit sur le tableau noir, un gémissement à peine réprimé traversa toute la classe, en particulier lorsqu'elle s'étira pour atteindre le haut du tableau. Le sourire sur son visage alors qu'elle retournait à son bureau était presque sage, mais le peu de gaieté diabolique au coin de sa bouche la trahissait.

Son attrait mis à part, Sylvia était une enseignante douée et profondément versée dans la langue et la culture françaises. Elle était également extrêmement entraînée à rejeter gracieusement les come-ons. Julia a vu les étudiants et les autres membres du corps professoral tout essayer, des suggestions subtiles aux offres flagrantes, et les a tous vus échouer.

Julia elle-même n'était en aucun cas à l'abri de l'attirance de la femme plus âgée. Avec sa colocataire Andrea Martin, la jeune Canadienne avait pleinement profité des libertés sexuelles qui balayaient la vie universitaire dans les années 60. Inclus dans ces libertés était un fort intérêt pour les autres femmes. En fait, elle et Andrea avaient depuis longtemps rapproché leurs lits l'un de l'autre et s'étaient mis à en partager un la nuit. Autant ils se délectaient l'un de l'autre, autant ils poursuivaient les autres au gré de leur fantaisie, seuls ou ensemble.

Un après-midi, Andrea était passée devant le bâtiment où se trouvait le département des langues étrangères afin de voir par elle-même la femme qui dominait beaucoup de leurs conversations sur l'oreiller ces derniers temps. Julia avait été forcée de saisir le bras de sa colocataire pour empêcher l'autre fille de s'écraser contre un mur alors qu'elle reculait presque pour garder les yeux sur l'instructeur de Julia.

"Ne laisse pas celui-là s'enfuir," lui avait conseillé Andrea après qu'elle eut réussi à se calmer. "Quand nous serons vieux et grisonnants, vous vous souviendrez de cela avec un GRAND sourire."

Julia avait ri. La jalousie était quelque chose qui n'était jamais entré dans leur relation.

« Et toi, » avait-elle taquiné en retour. « Quand allez-vous laisser Miss Carter vous attraper ? L'instructrice d'éducation physique et entraîneure de l'équipe féminine d'athlétisme poursuivait Andrea depuis un certain temps.

"Je pense à la semaine prochaine." Les yeux d'Andrea pétillaient. "Je veux vraiment voir si ce gode -ceinture fonctionne aussi bien, voire mieux, qu'une vraie bite."

"Vous faites cela." Julia gloussa. "Nous voudrons peut-être en essayer un nous-mêmes un jour ." Elle sursauta lorsqu'une main errante effleura ses fesses.

"Il y a beaucoup de choses que nous voudrons peut-être essayer un jour", a chuchoté Andrea.

Julia n'avait aucune idée des intérêts sexuels de Sylvia. Elle savait que le professeur était célibataire et ne semblait sortir avec personne, homme ou femme. Elle ne voulait pas simplement faire partie de la horde insistante qui entourait toujours le professeur. Adorer et respirer fortement au-dessus de Sylvia ne semblait pas être le moyen de se démarquer suffisamment pour attirer son attention, en supposant qu'elle serait réellement intéressée, bien sûr.

Ce que Julia ne devait découvrir que plus tard que Mlle Sylvia avait déjà remarqué Julia. Au début, c'était simplement parce que la Canadienne aux cheveux noirs était bien en avance sur ses camarades de classe dans sa maîtrise de la langue qu'ils étudiaient. Ensuite, la femme plus âgée avait vu que Julia était une jeune femme douce, toujours prête avec un sourire et un mot amical pour tout le monde.

Puis, un après-midi, alors que la monitrice déverrouillait sa voiture sur le parking de la faculté, elle avait aperçu Julia sur le parking où les étudiants étaient autorisés à laver leur voiture. Elle portait un jean moulant et un haut de bikini aux couleurs vives et était pieds nus. Julia s'étira sur la pointe des pieds pour passer un chiffon savonneux sur ce que Sylvia supposa être sa voiture. Les muscles tendus firent que le professeur s'arrêta et admira les jambes de la jeune femme, puis ses fesses, puis tout son corps.

Sylvia a noté que Julia était avec sa colocataire, une brune dont elle ne se souvenait pas beaucoup, sauf qu'elle était mignonne aussi et avait un charmant accent du Sud. Elle regarda les deux jeunes femmes légèrement vêtues rire et se lancer des poignées de bulles et d'eau. Elle retint son souffle alors que les filles regardaient attentivement autour d'elles, se baissaient légèrement et s'embrassaient.

Cela en soi n'aurait peut-être pas été décisif. Mais c'est quand elle a vu la main de l'autre fille effleurer le sein à peine dissimulé de Julia, que Sylvia a souri et est montée dans sa voiture. En partant , elle pensa à sa propre colocataire pas très éloignée dans le temps et aux aventures qu'ils avaient partagées.

Quelques jours plus tard, la salle de classe était à peu près vide. C'était un vendredi et les étudiants de la fraternité et de la sororité étaient partis, faisant un saut le week-end. La plupart des autres étaient partis pour participer à un rassemblement et à une manifestation contre la guerre. Seules Julia et une poignée d'étudiants étaient là et Sylvia a renvoyé la classe plus tôt.

"Julia," appela-t-elle alors que l'étudiant approchait de la porte.

"Oui, Mlle Sylvia?"

"Avez-vous quelques minutes?"

"Bien sûr," répondit immédiatement Julia.

"Parfait, viens dans mon bureau."

Ce n'était pas la première fois que Julia se trouvait dans le bureau de Sylvia. Elle n'était pas très grande, comme il sied à un membre du corps professoral plutôt novice, mais elle était joliment meublée. Outre le bureau derrière lequel Sylvia s'asseyait généralement, il y avait deux chaises. L'un était devant le bureau et c'était celui qui semblait toujours être offert à tout visiteur. L'autre était sur le côté du bureau et était généralement recouvert d'une pile de livres et de papiers, comme pour décourager l'idée de son utilisation.

Aujourd'hui, quand Sylvia a fait entrer Julia dans la pièce et a fermé la porte, les papiers étaient empilés sur la chaise habituelle des visiteurs. Sylvia fit signe à Julia de l'autre chaise, s'installa dans sa propre chaise pivotante confortable et se tourna pour faire face à la jeune femme.

Julia a remarqué qu'il y avait quelque chose de nouveau aujourd'hui. Mlle Sylvia semblait porter des bas en nylon, plutôt que d'être jambes nues comme c'était sa coutume habituelle. Puis Sylvia se tourna vers elle, tout en continuant à trier les papiers sur son bureau. Les jambes qui fascinaient tant Julia étaient bien écartées. La jupe courte était retroussée sur les cuisses de la femme plus âgée, donnant à Julia une vue parfaite.

Le nylon est monté jusqu'au bout, réalisa Julia. Sylvia portait des collants, une introduction assez récente dans le monde de la mode. Elle remua sur son siège. Ils étaient aussi transparents que des bas sur toute leur longueur, remarqua Julia. Au sommet des jambes de l'enseignante, l'étudiante pouvait voir des boucles blondes taillées et le début de la fente qui séparait les fesses de Sylvia. Elle a avalé. Deux fois. Dur.

Sylvia lança à Julia un sourire éclatant et se tourna complètement pour faire face à son élève. Elle a commencé à discuter de la performance de Julia en classe, puis s'est lancée dans un monologue sur la France, la langue, les coutumes et les traditions. Julia était perdue dans le rythme des mots. Ses yeux étaient fixés sur les jambes de Sylvia.

Julia regarda avec fascination ravie Sylvia croiser lentement ses jambes dans un sens, puis les décroiser et répéter le mouvement dans l'autre sens. A chaque fois, le faible bruit du fin nylon râpant attirait doucement ses oreilles. Elle ne pouvait pas s'en empêcher. La jupe courte de Sylvia permettait d'apercevoir rapidement ses cuisses lisses, et chaque fois qu'elle drapait une jambe galbée sur l'autre, Julia pouvait voir entre ces jambes presque jusqu'à leur jonction.

Sylvia a continué à parler d'une voix agréable et apaisante à laquelle Julia a réussi à répondre, même si elle se concentrait sur les jambes élégantes devant elle. Ces jambes croisées à nouveau, droite sur gauche. La jambe supérieure a commencé à bouger, fléchissant légèrement comme elle l'a fait. Le talon de Sylvia pendait de ses orteils, tremblant tandis que la jambe continuait de trembler. Le pied a repris le talon, puis l'a laissé pendre à nouveau.

L'instructeur a décroisé ses jambes pour les croiser aux chevilles. Cette fois, lorsque la chaussure a glissé, Sylvia n'a fait aucune tentative pour la récupérer et l'a laissée par terre. Le deuxième talon a suivi. La jambe droite a glissé vers la gauche et a recommencé à bouger. Julia se lécha les lèvres à plusieurs reprises alors que Sylvia se courbait et étirait ses orteils.

"Julia?" La voix de Sylvia caressait presque le nom de la jeune femme.

Julia dut déglutir deux fois et se lécher les lèvres pour répondre. Même alors, son simple "Oui?" était tremblant.

"Regardez-moi."

Julia réussit à détacher ses yeux de la vision sur laquelle ils étaient fixés. Elle rencontra le regard de Sylvia et fut surprise de voir la fumée profonde dans les yeux de l'instructeur. Un feu couvant qu'elle savait n'avait d'égal que ses propres yeux.

" Ça va Julia." murmura Sylvie. "Allez-y. Faites ce que vous voulez."

Julia glissa de sa chaise, s'agenouillant devant la femme plus âgée. Sylvia leva légèrement la jambe, offrant le pied à Julia, qui le berça dans ses mains. Julia fit courir ses doigts sur la peau recouverte de nylon, puis ses doigts, puis ses mains entières.

Alors que les mains de la jeune femme remontaient le mollet devant elle, Sylvia leva son pied plus loin et posa ses orteils sur les lèvres de

Julia. Julia haleta. Ses lèvres s'entrouvrirent et elle passa sa langue sur ces orteils et leurs ongles peints en rouge. Elle les lécha dessus et dessous, avant d'aspirer goulûment d'abord le gros orteil, puis toutes ses sœurs, dans sa bouche.

Un profond soupir vint de la femme plus âgée. Elle remua ses orteils dans la bouche chaude et humide de Julia. L'étudiante a continué à les sucer un peu, puis les a relâchés pour faire courir le plat de sa langue le long de la voûte plantaire douce, puis sur le talon et jusqu'à l'arrière de la cheville.

Julia souleva la jambe de Sylvia et lécha lentement le gonflement du mollet de la femme plus âgée. Atteignant les genoux, elle s'arrêta pour grignoter le point mou qui s'y cachait, faisant trembler Sylvia. L'enseignant a tendu la main à l'aveuglette pour cliquer sur le bouton "Démarrer" du lecteur de bande à bobine. Espérons que le son de Mozart couvrirait les bruits dont ils savaient tous les deux qu'ils approchaient.

Julia a commencé la marche de ses lèvres jusqu'à l'arrière de la cuisse de Sylvia, se déplaçant pour s'installer entre les jambes de la femme et amener sa langue à l'intérieur sensible de la cuisse. Ses mains suivaient le rythme de l'autre jambe du professeur, explorant ce sur quoi elle avait fantasmé tout le trimestre.

"Julia," murmura à nouveau Sylvia. Lorsque les yeux vitreux de Julia se lèvent, la femme ordonne à la fille de s'agenouiller devant elle. "Déshabille-toi." Quand Julia commença à se lever, Sylvia l'arrêta. "Non, ne te lève pas. Déshabille-toi là où tu es."

Julia frissonna. Il ne fallut qu'un instant pour arracher ses sandales, pour déboutonner et enlever la chemise blanche d'homme qu'elle portait, les extrémités nouées sous ses seins. Comme il convenait à une femme libérée des années soixante, elle ne portait pas de soutien-gorge. Ensuite, il ne lui restait plus qu'à détacher et se tortiller de son short en jean coupé et de sa culotte en coton blanc.

Julia avait couché avec plus d'une femme auparavant, depuis la première fois qu'elle et Andrea s'étaient explorées le corps l'une de l'autre. C'était pourtant si différent. Après s'être embrassée d'une cuisse à l'autre alors qu'elle remontait les jambes qu'elle désirait tant, elle découvrit qu'elle pouvait à peine forcer sa langue dans la chatte de Sylvia. Le collant faisait office de barrière. Au lieu de cela, elle a utilisé le plat de sa langue pour frotter le nylon de plus en plus humide contre la fente ouverte de Sylvia. La matière était si sensuelle sur sa langue, contre ses lèvres. Ses mains se glissèrent sous le bord de la chaise, les doigts traçant les plis où les jambes de Sylvia coulaient dans son cul.

De son côté, Sylvia se perdait complètement dans la caresse de la bouche et des mains de son élève. La tête aux cheveux noirs se balançait légèrement entre ses jambes alors que Julia continuait ses soins oraux à la chatte qui coulait maintenant. Puis Julia a trouvé le clitoris de Sylvia.

Une fine couture existait là où l'entrejambe du collant avait été joint. La langue de Julia pressait cette couture contre la perle sans capuchon. Aussi lisse que soit le nylon, il rayait le nœud douloureux. Mais la sensation était incroyable, faisant se tortiller sauvagement Sylvia sur sa chaise et bosser sa chatte contre le visage de la jeune femme.

Alors même que Sylvia se sentait commencer à surfer sur la crête de la vague qui arrivait, elle savait qu'elle voulait faire quelque chose de plus pour la jeune femme qui lui procurait tant de plaisir. Elle étendit sa jambe, passant son pied entre les jambes de Julia. Pliant sa cheville, elle remua ses orteils contre les boucles sombres de la chatte de Julia.

"Oh, bon SEIGNEUR", gémit Julia, un sentiment et un son qui ont été repris par Sylvia. Le nylon, imbibé de sa salive, est devenu encore plus humide alors que les orteils qu'il recouvrait poussaient entre ses lèvres et dans sa chatte serrée. Elle enroula ses bras autour de la jambe de Sylvia et fit glisser son corps de haut en bas, la jambe recouverte de nylon glissant entre ses seins et contre son ventre.

Les deux femmes étaient perdues sur le moment. Sylvia a fléchi la cheville, poussant ses orteils dans et hors de la chatte de Julia. Elle leva légèrement le pied et fut récompensée par un cri étouffé lorsque son gros orteil toucha le clitoris de Julia. Ce cri a été étouffé parce que Julia a enfoui sa bouche sur la chatte de Sylvia, aspirant le jus qui coule à travers la barrière de nylon. Alors que le pied de Sylvia baisait la jeune femme, elle a répondu en léchant, puis en mordant là où la couture grattait le clitoris de Sylvia. Le frisson de l'une d'elles suffisait à amener l'autre au bord et à la renverser. Le professeur et l'élève ont tous deux eu un orgasme ensemble, presque violemment.

Ce soir-là, Julia était de retour au dortoir, s'examinant dans le miroir. Elle se tourna de côté, puis regarda par-dessus son épaule son dos. Elle se tortilla et sourit, alors même que la porte du couloir s'ouvrait et se fermait.

"Mon Dieu, qu'est-ce que tu portes" demanda Andrea, ses yeux s'illuminant.

"Des collants transparents," répondit Julia, un sourire coquin tirant les coins de sa bouche.

"Ils te vont certainement bien," répondit sa colocataire. La regardant de haut en bas, Andrea continua. "Ce n'est pas que vous ayez besoin d'un quelconque façonnage, mais ils sont assez flatteurs."

"Ils se sentent bien aussi", a fait un clin d'œil à Julia. Se dirigeant vers sa commode, elle ramassa un petit paquet plat et le lança à l'autre fille. Andrea attrapa le paquet, le jonglant un instant avec la boîte qu'elle tenait déjà.

"Qu'est-ce que c'est ça?"

« Une paire pour toi. Pourquoi ne fermes-tu pas la porte à clé et les essaies-tu ?

"C'est toujours une bonne idée," dit Andrea en se dirigeant vers la porte. Il y eut le léger déclic de la serrure qui s'accrochait. La grande fille plaça soigneusement les deux paquets sur le lit et commença à se déshabiller. "J'ai l'impression que Miss Sylvia n'est plus seulement un rêve avec toi."

" Mmmmmm , non, elle ne l'est pas, même si j'espère qu'il y aura des répétitions à l'avenir." La faim de Julia a refait surface lorsque sa colocataire maintenant nue s'est perchée sur le bord du lit et a soigneusement tiré sur le collant que Julia lui avait acheté. "Au fait, qu'est-ce qu'il y a dans TON paquet," demanda-t-elle alors qu'Andrea se levait et tournait sur elle-même.

"Eh bien, tu vois," murmura le coureur à l'oreille de l'étudiant en maths alors qu'ils se rapprochaient, les bras s'enroulant et les corps se pressant l'un contre l'autre. "Miss Carter M'a aussi attrapé aujourd'hui. Elle a eu la gentillesse de me prêter un article de rechange du genre avec lequel elle m'a attrapé." Alors que leurs lèvres se rejoignaient, Andrea ajouta : "Et après que tu m'auras montré comment ça marche, je vais te montrer cet objet."

CHAPITRE III

Isabel Carter jeta un coup d'œil entre son chronomètre et les coureurs arrivant dans la dernière courbe. Elle a commencé à appeler les temps à son assistante, dont le regard allait et venait de son carnet aux numéros épinglés sur la poitrine de chaque coureur alors que les membres de l'équipe de piste des filles fonçaient sur eux.

Pendant un moment, Isabel hésita, son attention attirée par les longues jambes brillantes de la fille en tête. Ses longs cheveux bruns, attachés en queue de cheval, flottaient derrière elle à sa vitesse. Le t-shirt abrégé montait pour montrer le ventre plat en dessous. Mais ce sont les jambes qui retenaient l'attention de l'entraîneure de l'équipe, les jambes sur lesquelles elle fantasmait depuis qu'elle avait réalisé que la jeune femme avait embrassé sa colocataire tout aussi féminine et attirante à l'arrière du bus de l'équipe un soir.

Elle reporta son attention sur le chronomètre et annonça machinalement les temps tandis qu'Andrea Martin filait, suivie par les autres. Une fois que la dernière fille a franchi la ligne d'arrivée, Isabel a sifflé et a fait signe à tout le monde de venir vers elle. Pendant les minutes suivantes , elle a discuté des généralités et a fait quelques observations sur la façon d'améliorer les performances et la vitesse. Elle a récupéré son carnet de notes auprès de son assistante et s'est arrangée pour rencontrer chaque fille séparément dans son bureau.

Les entretiens individuels étaient destinés exactement à l'objectif déclaré publiquement. Isabel pensait que toute critique devait être précise, conduire à une amélioration et rester confidentielle. Elle a toujours essayé d'éviter de mâcher quelqu'un devant les autres. Même les éloges ne devraient pas être trop exagérés, croyait-elle, à moins qu'elle ne puisse féliciter toute l'équipe dans son ensemble. La reconnaissance d'un événement bien organisé méritait bien sûr des félicitations immédiates, mais pas une adulation excessive.

Cela dit, Isabel s'est avoué qu'elle attendait avec impatience les séances individuelles de coaching féminin. Même si elle était strictement professionnelle pendant eux, incluant généralement l'une de ses filles "spéciales", c'était un frisson coquin d'être seule dans son bureau avec chacune de ses jeunes athlètes. Tous ces corps jeunes et fermes, généralement vêtus de manière décontractée et révélatrice, avec une peau bronzée et des muscles lisses, la rendaient étourdie. Isabel se rappela fermement que "regarder mais ne pas toucher" était le mot d'ordre, du moins pendant les heures normales de travail. Néanmoins, elle attendait avec impatience l'heure suivante.

Après que la dernière fille eut quitté le bureau, Isabel s'appuya contre le dossier du grand fauteuil recouvert de cuir derrière son bureau, ferma les yeux et réfléchit. La séance s'était bien passée. Elle sentait qu'elle avait accompli un bon bout de chemin. Lisette avait eu des problèmes avec son démarrage et ils pensaient avoir découvert ce qui n'allait pas.

Alors qu'elle se détendait, elle fut presque surprise de voir ses doigts voler la jambe de son short. Elle sourit et leva les hanches. Pas besoin d'être timide. Elle a détaché son short et l'a poussé le long de ses jambes avant de glisser sa main dans sa culotte basique en coton blanc. Se penchant en arrière, elle ferma les yeux et laissa son imagination vagabonder, alors même que ses doigts commençaient leurs mouvements familiers.

Isabel se tortilla légèrement, puis deux doigts s'enfoncèrent entre ses lèvres et s'enroulèrent en elle. Le bout de son pouce se glissa sous sa capuche et la taquina jusqu'à ce qu'elle soit pleinement éveillée. Des images traversaient son esprit comme des images. Elle a vu plusieurs des filles qu'elle avait emmenées dans ce même bureau. De longues jambes fines qui s'écartaient pour elle, des bras fins bronzés qui se resserraient autour d'elle alors qu'elle les plaquait sous son corps. Parfois, elle utilisait son propre corps pour leur faire l'amour, frottant sa chatte soigneusement rasée contre leurs petits.

La boule calleuse de son pouce frottait de plus en plus vite sur son clitoris enflé. Un troisième doigt s'ajouta aux autres plongeant dans sa moiteur. Ce qu'elle préférait cependant, c'était de prendre le harnais à nouer avec sa bite en plastique et en caoutchouc, de l'attacher autour d'elle et de l'utiliser pour baiser ces jeunes femmes. Et en ce moment, l'image qu'elle avait en tête était celle d'Andrea Martin. Elle pouvait voir la jeune athlète, peut-être à quatre pattes sur le canapé avec son petit cul serré en l'air. Ou allongée avec les jambes écartées. Ou... Isabel se redressa brusquement et retira sa main de son short alors qu'on frappait à la porte. Elle a ajusté ses vêtements rapidement et a appelé "Entrez.".

Le visage auquel elle venait de penser apparut dans l'embrasure de sa porte. « Miss Carter, je suis désolé de vous déranger, mais avez-vous un moment ?

« Bien sûr que je fais Andrea, entrez. Isabel envisagea d'avaler tandis qu'Andrea s'exécutait. La jeune femme portait des sandales de douche, une culotte taille haute en coton bleu et un t-shirt fin qui rendait évident qu'il n'y avait rien d'autre qu'Andrea en dessous. Ses cheveux, bien plus longs que la plupart des filles ne les coupaient, pendaient autour de ses épaules, mouillés par la douche qu'elle venait juste de quitter. Des gouttelettes d'eau en tombaient. Isabel réprima une autre gorgée alors que deux gouttes tombaient sur la poitrine de l'étudiante, juste là où son mamelon se pressait contre le tissu maintenant presque transparent.

Andrea n'a pris que quelques minutes avec sa course, demandant un peu de conseils supplémentaires sur ses départs et si l'entraîneure pensait qu'elle s'élançait trop tôt dans son sprint final. Pendant ce temps, la coureuse se tenait les jambes écartées confortablement. Les yeux d'Isabel suivirent une fois quand Andrea sembla distraitement glisser sa main le long de son côté et ajuster et réajuster sa culotte. Pendant tout ce temps, elle écoutait attentivement les commentaires d'Isabel et semblait inconsciente d'avoir un effet sur son entraîneur féminin.

Était-ce ou n'était-ce pas une invitation dans ces yeux verts ? Isabel, habituellement si confiante dans toutes ses relations avec ses élèves, ses pairs et tout le monde, s'est retrouvée désemparée. Ce n'était pas comme si elle n'avait pas séduit au moins une fille consentante chaque année depuis qu'elle avait commencé ce poste. Elle connaissait les signes à rechercher pour voir si une jeune femme avait un intérêt actuel ou naissant pour son propre sexe.

Andrea l'a déconcertée pour une raison quelconque. Isabel était absolument sans aucun doute certaine qu'Andrea et sa colocataire pom-pom girl s'étaient au moins doigté une nuit à l'arrière du bus de l'équipe. En dehors de cela cependant, elle n'a vu aucun signe d'intérêt saphique de la part d'Andrea. Pas de regards rapides vers les autres filles, pas de touchers censés sembler accidentels, pas même le signe négatif de toujours détourner le regard quand une autre fille se déshabille.

Isabelle a eu une idée. Peut-être qu'Andrea et sa colocataire étaient en couple. Si c'est le cas, c'était assez ouvert. Le moulin à rumeurs de l'université était toujours plein d'histoires infondées sur tout le monde, du président aux ouvriers d'entretien ; mais les chuchotements très underground, très discrets et prudents le long du pipeline gay et lesbien n'avaient rien emporté sur les jeunes colocataires. Apparemment , ils sortaient ouvertement avec des gars. Si d'autres femmes étaient impliquées, c'était extrêmement discret.

Isabel poussa un soupir après le départ d'Andrea. Qu'allait-elle faire de cette jeune femme ? Elle espérait que ce ne serait pas trop long avant qu'elle ne le sache.

Le vendredi après-midi suivant s'est transformé en un de ces jours où rien ne s'est bien passé. Tout le monde trébuchait, se rencontrait et se bousculait. Les séances d'entraînement semblaient obsolètes et personne n'en profitait beaucoup. Isabel a finalement réuni tout le monde et leur a donné le reste de la période de repos. Comme elle le soupçonnait, les filles se sont immédiatement dispersées aux vents.

Isabel était retournée à son bureau et se concentrait sur les monceaux de paperasse qui semblaient s'accumuler d'eux-mêmes. Dieu merci , elle n'a pas eu à publier article après article comme le faisaient la plupart des professeurs. Tout ce qu'elle devait faire était de développer une équipe d'athlétisme féminine gagnante et même dans ce cas, l'administration et les anciens haussaient les épaules, souriaient légèrement et disaient "C'est bien" avant de vérifier comment se déroulait le recrutement du football. Pourtant, c'était son travail et elle voulait le faire correctement.

Sa concentration a été interrompue par un "bruit sourd" répété provenant de la zone de la piste devant ses fenêtres. Curieuse, elle se leva, plia l'un des stores qu'elle tenait habituellement tirés et regarda dehors. Andrea était restée et pratiquait ses haies. Le bruit a été causé lorsqu'elle n'a pas réussi à franchir les obstacles les uns après les autres et qu'ils sont tombés. Isabel pouvait voir la frustration écrite sur le visage de la fille. Elle a essayé à nouveau, créant encore plus de ravages. En fait, juste avant de tenter les deux derniers obstacles, elle s'est soudainement arrêtée et a grimacé avant de boitiller sur le côté de la piste.

Isabel était hors de son bureau et dans le couloir avant même qu'Andrea ne boitille dans l'embrasure de la porte. Elle passa un bras autour de la jeune coureuse et l'aida jusqu'à son bureau. Une fois là-bas, elle fit asseoir Andrea sur la chaise habituelle pendant qu'elle vérifiait, puis confirmait ses soupçons.

"Vous avez un Charley-cheval, Andrea." Isabel a massé le mollet affecté. Son professionnalisme et sa préoccupation pour l'un de ses athlètes étaient sous contrôle total. Les pensées sexuelles étaient la chose la plus éloignée de son esprit. Elle s'appuya et fut récompensée lorsqu'elle sentit les muscles noués se détendre. Elle s'assit sur ses talons et leva les yeux vers l'étudiante.

"Meilleur ?"

"Bien mieux, Miss Carter. Merci." Andrea rayonnait vers son entraîneur féminin.

Isabel se leva et sourit. "De rien. Maintenant alors," son attitude devint vive. « Que faisiez-vous encore là-bas ? J'ai dit à tout le monde de partir.

"Je suis juste frustré quand les choses ne vont pas bien. J'ai franchi plus d'obstacles que j'ai franchis. Je n'arrive pas à décider, dois-je rester avec ça ou revenir sur de longues distances ? C'est plus excitant, mais pas si je ne peux pas le maîtriser."

"Tu es une excellente coureuse de fond Andrea, mais tu peux courir des haies si tu veux. J'ai vu ce que tu faisais et ça va juste demander un peu d'ajustement à la position de ton corps quand tu sautes. Tiens," Isabel devint absorbée par elle . entraîneur féminin, comme elle l'a toujours fait. "Laisse moi te montrer." Elle posa une main sur le dessus du bureau et leva sa jambe. "Vous devez ramener cette jambe en arrière et en haut juste un peu plus loin. Comme ça." Elle a démontré. Et tu ne t'étires pas assez avec ta jambe avant."

Andrea s'est déplacée à côté de son entraîneur féminin et a assumé la même position. "Comme ça?"

"Non, plus comme ça," Isabel se leva puis se laissa tomber sur un genou et ajusta la jambe gauche d'Andrea. Cette fois, elle trouva ses mains accrochées un peu à la peau lisse sous elles. Presque à contrecœur, elle lâcha prise et reprit sa position à côté de la jeune femme. Elle essaya de retrouver son calme. Elle savait qu'elle était un peu rouge et que sa respiration était un peu trop rapide. Que lui faisait cette jeune femme ?

Andrea fléchit comme si elle mémorisait le mouvement musculaire. Soudain, sa jambe se crispa de nouveau et elle tomba de côté vers Isabel, qui la rattrapa.

"Oups," rit Andrea. "Je suppose que je suis encore un peu instable." La jeune coureuse tourna son visage vers sa coach féminine. Elle ouvrit la bouche pour dire autre chose mais la referma.

Les deux femmes se regardaient dans les yeux à quelques centimètres l'une de l'autre. Isabel sentit le corps d'Andrea contre elle. Le dos et l'épaule de l'étudiante où son bras était verrouillé, la tenant debout, étaient si chauds et fermes.

Isabel tremblait presque. Elle se leva, chancelante et aida Andrea à se relever. Cette fois, il n'y avait aucun doute sur l'invitation dans les yeux verts devant elle. Elle écrasa Andrea contre elle et ses lèvres cherchèrent avidement la bouche de la jeune femme. Le corps ferme et jeune de son élève se moulait contre elle. Les lèvres d'Andrea s'entrouvrirent et Isabel enfonça sa langue dans la bouche chaleureuse et accueillante, alors même que des mains exploratrices se resserraient sur le dos de la jeune femme.

Il n'y avait aucune subtilité dans l'amour d'Isabel, pas après qu'elle ait pensé à ce moment pendant si longtemps. Elle ravagea la bouche de la jeune femme, sa langue se tordant et se recroquevillant avec exigence. Elle agrippa le corps élancé à sa silhouette musclée, se délectant de la reddition d'Andrea. Pas à pas, elle raccompagna la jeune coureuse jusqu'à son canapé, le canapé en cuir à côté de la petite table avec le tiroir où elle gardait son strapon .

Andrea s'arrêta lorsque l'arrière de ses jambes toucha le canapé. se baissant, elle attrapa l'ourlet de son débardeur et le fit passer par-dessus sa tête, montrant ses petits seins, les mamelons roses durs par l'excitation. Isabel pressa la jeune femme d'une légère poussée vers le bas. La jeune femme s'allongea sur le cuir noir, se déplaçant sensuellement alors que, avec un sourire coquin, elle glissa ses mains le long de ses côtés et commença à pousser son short le long de ses jambes.

Isabel a bu dans le corps d'Andrea, alors même qu'un buisson brun soigneusement taillé est apparu alors que le short descendait sur les jambes bronzées. Il y eut une pause et un petit rire étouffé, lorsqu'Andrea réalisa que ses chaussures de course étaient toujours en place et les enleva pour pouvoir libérer son short et sa culotte. Elle s'allongea, les bras au-dessus de sa tête. Elle leva une jambe sur le dossier du canapé, l'autre pendait sur le côté du canapé, s'exposant complètement au regard intense de la femme plus âgée.

En se décollant, Isabel a réussi à se débarrasser de son sweat-shirt et du reste de ses vêtements. Andrea resta sur le canapé, se tenant toujours dans sa position de soumission. Maintenant nue, Isabel a ratissé le corps ferme une fois de plus avec ses yeux, puis est tombée sur Andrea. Elle couvrit le corps de la jeune femme avec le sien, alors qu'elle embrassait Andrea avec encore plus de passion que la première fois.

Poitrines pleines et arrondies couvertes de perts. Mamelons bruns pressés contre les roses. Des mains fortes agrippaient les poignets fins et soulevaient les jeunes bras au-dessus de la tête de leur propriétaire. L'humidité rasée d'Isabel rencontra les boucles brunes humides d'Andrea. Isabel posa ses genoux contre le cuir noir des coussins du canapé et poussa.

Andrea rompit le baiser assez longtemps pour haleter profondément. "Oh mon Dieu, Mlle Carter." Le pied qu'elle avait planté sur le sol a aidé à donner un effet de levier à l'étudiante alors qu'elle se repoussait contre son entraîneure, rencontrant les coups de hanche de la femme plus âgée.

Isabel s'est frottée contre Andrea. Elle aimait la sensation du corps mince et ferme sous elle, cédant à ses désirs. Elle aimait la dureté des mamelons d'Andrea contre ses seins et elle pouvait respirer l'odeur trahissant l'excitation de la jeune femme et sentir le filet de jus qui coulait déjà de la jeune chatte sous elle. Mais elle voulait plus.

Brusquement, elle se leva sur ses mains et ses genoux, gardant toujours la jeune femme sous elle. Elle se pencha en avant, en équilibre sur une main alors que ses doigts cherchaient le tiroir de la table basse, le tiroir qu'elle gardait tourné vers le canapé pour qu'un visiteur occasionnel le rate et ne regarde pas paresseusement à l'intérieur. Un tiroir qui contenait le harnais et le gode de son strapon , celui qu'elle allait utiliser sur Andrea.

Alors même qu'elle ouvrait la porte et libérait le strapon en cuir et en plastique , Andrea se déplaçait sous elle. Une tête aux cheveux bruns pencha en arrière et une bouche humide se fixa sur la poitrine d'Isabel où elle pendait. Andrea n'a fait aucun autre mouvement sous Isabel. Juste sa bouche suçant le sein de la coach féminine et sa langue lavant le mamelon dur. La coach féminine ferma les yeux et se concentra sur la sensation. Ensuite, l'air frais a balayé son sein maintenant humide alors qu'Andrea le relâchait pour se verrouiller sur l'autre sein au-dessus de son visage.

Isabelle s'arrêta. Puis elle haleta. Loin de lâcher prise, Andrea laissa couler son sein juste assez pour attraper le mamelon brun entre ses dents. Et elle s'est accrochée. La femme plus âgée cria alors que son nœud s'étirait, puis tirait fort par les dents attachées. C'était incroyable. Elle voulait qu'Andrea se rende, mais cette action de rébellion, de prendre en charge ne serait-ce qu'un instant a enflammé le désir d'Isabel.

Elle se redressa sauvagement, acceptant la délicieuse douleur alors qu'elle arrachait son mamelon des dents d'Andrea. Des mains tremblantes attachèrent le harnais autour de son corps. Elle baissa les yeux alors qu'elle installait le gode contre elle-même. Les yeux d'Andrea étaient verrouillés sur le sexe en plastique rose incurvé qui dépassait maintenant de ses hanches. Il y avait une lueur de faim dans ces yeux et Isabel voulait la nourrir.

Elle se pencha et passa sa main derrière le cou d'Andrea, soulevant sa tête du canapé. Elle se tortilla en avant, coinçant le corps d'Andrea sous son poids. "Suce-le, Andrea," ordonna-t-elle. Il n'y avait aucune hésitation. La bouche du jeune athlète a glissé juste au-dessus de la tête moulée et le long de la tige. Isabel pouvait sentir la prise serrée des lèvres d'Andrea sur le gode lorsque les mouvements de tête de l'étudiante ont commencé à repousser la base contre elle, stimulant son clitoris.

L'entraîneure tenait fermement la tête de l'étudiante, utilisant ses hanches pour plonger la bite dans et hors de la bouche d'Andrea. Quand elle sentit qu'elle avait rétabli son contrôle, elle le retira et recula entre les jambes toujours écartées d'Andrea. Prenant le manche dans une main, elle a poussé la tête entre les lèvres d'Andrea et dans son ouverture. Dès qu'elle sentit la pointe entrer dans la jeune femme, elle retomba en avant sur le corps d'Andrea et poussa avec ses fortes hanches.

Les yeux d'Andrea sortirent presque de sa tête alors qu'un seul long coup de gode la remplissait complètement. Elle ouvrit la bouche pour crier mais le fit étouffer par un baiser dur de la femme au-dessus d'elle. Isabel enfonça sa langue profondément dans la bouche de la jeune femme, aussi profondément que sa bite en plastique était enfoncée dans la chatte de l'adolescente.

Isabel s'étira et posa ses pieds contre le bras le plus éloigné du canapé. ses jambes fortes ont commencé à basculer, entraînant la fille dans la jeune femme. Elle a utilisé de longs traits profonds, remplissant la fille sous elle, puis tirant presque complètement. Andrea se déplaça sous elle et enroula soudain ses longues jambes autour du corps d'Isabel, verrouillant ses chevilles derrière l'entraîneure.

La femme plus âgée se redressa sur ses mains. Grognant sous l'effort, elle claqua ses hanches d'avant en arrière, baisant finalement son élève athlète comme elle avait rêvé de le faire. Andrea a répondu, se redressant à chaque coup pour accepter l'arbre de la femme en elle aussi profondément que possible.

"Oh mon Dieu." Cette fois, c'était Isabel qui haletait. Chaque coup claquait la base du gode contre elle, broyant le bouton en plastique moleté contre son clitoris. Andrea la conduisit, se frottant contre elle et resserrant l'étreinte de ses jeunes jambes fortes autour d'Isabel.

"Baise-moi, baise-moi, gouine," gémit l'étudiante. « Oh Miss Carter, je ne peux pas tenir le coup. Vous me rendez fou.

"Vas-y bébé." Isabelle haletait. « Cum pour votre entraîneur féminin. les yeux de la femme plus âgée se fermèrent et elle redoubla d'efforts. Puis ses yeux s'écarquillèrent à nouveau. Andrea avait fermé les dents sur l'autre mamelon d'Isabel. Il n'était pas nécessaire qu'elle recule cette fois. Poussant de petits cris, la jeune femme avait mordu fort et secouait la tête sauvagement, fouettant furieusement le sein plus lourd d'Isabel. Isabel a claqué complètement Andrea et s'est tenue profondément à l'intérieur d'elle pendant que les deux femmes jouissaient.

Lorsque les répliques ont ralenti, Isabel a tordu son corps, arrachant la copine d'Andrea. Elle s'assit, essayant de reprendre son souffle. Titubant légèrement, elle se dirigea vers le bureau et prit un verre d'eau qui n'était plus glacée et en but une partie. Elle se retourna alors qu'un rire brisa le silence.

"Miss Carter, vous êtes un rêve, mais d'une manière ou d'une autre, maintenant que les choses sont plus calmes, la vue de vous avec cette chose autour de vous. Je veux dire, vous devez admettre, ça fait bizarre de voir cette bite sortir de votre corps."

Isabelle sourit. Apportant un autre verre de la table derrière son bureau, elle l'offrit à sa nouvelle conquête. "Je ne pense pas que vous pensiez que c'était 'bizarre' il y a quelques minutes."

Andrea soupira de bonheur. « Vous avez raison. Et merci. Elle prit le verre d'eau et en avala une profonde gorgée. Puis elle se glissa du canapé, traversa elle-même la pièce et revint avec une serviette. Alors qu'Isabel haussa un sourcil en question, Andrea s'agenouilla près du canapé et commença à l'essuyer. "Miss Carter, vous allez ruiner ce cuir si," elle éclata de rire, "si vous insistez pour baiser votre équipe dessus."

"Eh bien," répondit l'entraîneure, assez amusée, "Où suggéreriez-vous que je les fasse?" Devenant sérieuse, Isabel continua. "Je ne peux pas tous vous inviter chez moi, nous n'allons pas nous rencontrer dans les bars de l'université et je trace la ligne à l'arrière d'une voiture. Et ce n'est pas comme si vous pouviez offrir votre dortoir."

"Je sais." Andrea traversa la pièce et embrassa sa coach féminine. « Ça ne peut pas être facile pour toi. Mais non, je voulais juste dire, eh bien, ma colocataire Julia et moi avons eu plusieurs disputes pour savoir si tu m'aurais sur le canapé ou dans une autre position.

"Votre colocataire ? Alors j'avais raison," déclara triomphalement Isabel. "Vous êtes tous les deux amants."

" Oh mon oui." Andrea a étudié l'entraîneur féminin. "Comment le saviez-vous ? Nous sortons tous les deux avec des garçons et dormons avec une autre fille, même si nous gardons cela de côté. Aucun de nous n'est gay, mais nous étions la première expérience l'un de l'autre et nous comptons beaucoup l'un pour l'autre. autre."

"C'était le voyage en bus. Vous vous amusez tous les deux sur le siège arrière. Je n'en étais pas sûr, mais vous devriez remettre la culotte de votre colocataire sur elle quand vous aurez fini."

Andréa rougit. "Nous étions pressés. Et nous pensions que vous n'aviez pas vu."

"Je ne l'ai pas fait. Pas jusqu'à ce que tu descendes et que Julia a laissé tomber ses clés. Et je l'ai vue, toute mouillée et rouge entre ses jambes." Isabel s'arrêta et regarda autour d'elle. "Je suis curieux. Où, à part le canapé, pensiez-vous que des choses pourraient arriver.

"Oh," rit Andrea. "Place." Le coureur se retourna et se dirigea vers le bureau d'Isabel. Elle se pencha dessus jusqu'à ce que le haut de son corps repose dessus. Elle s'étira sur la pointe des pieds et regarda par-dessus son épaule. "Des endroits." répéta-t-elle.

La bouche d'Isabel s'assécha à nouveau alors qu'elle étudiait les longues jambes fermes, maintenant tendues alors que la jeune femme se tenait sur ses orteils et la fermeté dure du cul de l'athlète. Elle a marché derrière la fille et a passé ses mains sur ce cul. "Des endroits." Isabel a copié le mot d'Andrea. "En parlant d'endroits," l'entraîneure pressa la tête encore trempée du strapon entre les fesses d'Andrea et commença à avancer. « Tout est dans les lieux.

LA RÉUNION

Andrea Martin Norton a ramené ses genoux sous son menton et les a enroulés dans ses bras. Un sourire passa sur son visage. La lumière du soleil était chaude, brisée en points de danse par les branches du vieux chêne vivant derrière elle. Le sable sous l'énorme serviette de plage était ferme contre ses fesses. Une délicieuse brise douce venait de l'océan devant elle.

Tout était parfait. Le matériel de camping était empilé sur le côté près de l'ancien foyer. Ils l'installeraient plus tard. En ce moment , tout ce qu'elle voulait faire, c'était regarder sa plus vieille amie Julia éclater de rire alors qu'elle s'ébattait jusqu'aux chevilles dans les vagues.

Dieu, comment avaient-ils laissé passer autant de temps ? Il semblait si peu de temps auparavant qu'elles avaient été colocataires à l'université, aussi proches que deux jeunes femmes pouvaient l'être. Ils avaient été amis, confidents et amants. Ils avaient embrassé la vie universitaire dans les années 80 avec détermination pour entasser tout le plaisir et les expériences qu'ils pouvaient dans ces courtes années. Puis était venu le diplôme. Les visites, d'abord si fréquentes, avaient diminué à mesure qu'ils s'étaient chacun retrouvés pris dans leur vie séparée. Au fil des années, les contacts se sont réduits à des appels téléphoniques, puis à des lettres et enfin à des cartes de vœux occasionnelles.

Puis l'année dernière, ils avaient tous les deux déterminé que suffisamment de temps s'était écoulé. Les appels téléphoniques reprennent. Finalement , ils avaient décidé qu'ils devaient se réunir à nouveau. Un vol vers le sud des États-Unis et ils s'étaient dirigés vers l'une des escapades de vacances préférées d'Andrea , l'une des îles préservées au large de la côte. Il y a une éternité, ils avaient discuté qu'ils faisaient ça tous les deux pendant leurs dernières vacances de printemps ensemble. Les finances et les engagements familiaux l'avaient empêché. Maintenant, ils se rattrapaient.

Julia Carraux Keagan se retourna joyeusement. Le soleil était tellement plus chaud que son Canada natal. Autant qu'elle aimait la maison, c'était merveilleux de pouvoir cuisiner au soleil ici. Elle remuait de l'eau, ses jambes toujours fermes et fines, assorties au reste de son corps.

« Vous savez, nous étions juste sur la côte d'ici il n'y a pas cinq ans ?

« Vraiment ? Toi et George ?

"Moi et George", confirma Julia. Après l'obtention de son diplôme, alors qu'Andrea partait à la découverte du monde et travaillait, une bourse inattendue avait permis à Julia de poursuivre ses études supérieures. Dans cette autre école qu'elle a fréquentée, elle a été surprise, puis ravie, de trouver George Keagan, le vice-président du club d'échecs qu'elle avait rencontré et qu'elle fréquentait parfois auparavant. Elle était TRÈS heureuse de découvrir que George avait commencé à s'entraîner et qu'il combinait maintenant un corps d'athlète tout en conservant son esprit vif. Ils étaient sortis ensemble tout au long de leur scolarité. Leur acceptation de postes au sein de la même société canadienne avait scellé ce qu'ils n'avaient pas encore mis en mots. Six mois après avoir commencé leur travail, ils s'étaient mariés.

"Eh bien, j'aurais aimé que Martin et moi soyons à la campagne," répondit Andrea. Un sourire tira sa bouche. Andrea était devenue une vendeuse itinérante, couvrant le sud-est des États-Unis pour la société de nouveautés pour laquelle elle était allée travailler. Elle avait apprécié le travail et avait prévu de rester avec lui aussi longtemps qu'elle le pourrait.

Les plans avaient changé rapidement, comme ils le font souvent. Balançant à travers la Géorgie lors d'un voyage, elle s'était arrêtée pour rendre visite à un vieil ami qui travaillait comme travailleur civil dans un poste de l'armée. L'amie était ravie de la voir se présenter. Non seulement c'était agréable de parler du bon vieux temps, mais elle avait juste besoin de quelqu'un pour sortir avec elle et son petit ami et le copain de son petit ami pour aller à un spectacle à Atlanta ce soir-là.

Andrea avait d'abord tenté de décliner l'invitation. Elle avait toutes les dates qu'elle pouvait gérer. Une nuit moyenne, elle pouvait entrer dans le restaurant ou le club de n'importe quel hôtel où elle séjournait et recevoir une demi-douzaine d'invitations d'autres voyageurs. Non pas qu'elle se considérait comme n'importe quelle fille aimant le sexe, mais après tout, il y avait 50 hommes voyageant pour chaque femme célibataire. Elle était prudente et exigeante, évitant à la fois les hommes mariés et ceux qui s'attendaient à des relations sexuelles instantanées en récompense d'un repas qu'après tout, elle pouvait mettre à ses propres frais. Deux fois au cours de ces années, elle avait rencontré une autre femme qui partageait les mêmes centres d'intérêt qu'elle et Julia partageaient, c'était il y a une éternité.

Au fil des années, elle s'était interrogée sur cette attirance. Plus longtemps elle avait été éloignée de l'université et de la route, plus l'intérêt pour les autres filles semblait s'estomper. Au moment où elle s'est effondrée et a accepté l'invitation à sortir avec ce jeune sous-officier de l'armée, elle n'avait pas été avec une autre femme depuis un an et n'y pensait vraiment plus.

Le sergent Martin Norton s'était révélé être un brun discret. Longiligne avec des muscles de type nageur, il était réservé, mais avec un sourire qui sortait de temps en temps et le transformait. Plusieurs années plus jeune qu'elle, elle se sentait parfois tellement plus âgée que lui, et encore une fois, se sentait tellement plus jeune qu'un jeune de 20 ans qui avait déjà servi comme fantassin en Asie du Sud-Est.

Indépendamment de l'âge, de l'expérience ou de quoi que ce soit d'autre, un mois plus tard, une cérémonie civile tranquille a uni les deux dans le mariage. Ils devaient se remarier quelques mois plus tard, formellement, dans une église. Les amis et la famille des deux ont été surpris, voire stupéfaits par la vitesse. Quelques-uns ont laissé entendre qu'une telle union ne durerait jamais. Plus de trente ans et quatre enfants plus tard, ils étaient toujours ensemble.

D'autres éclaboussures et une soudaine averse d'eau de mer la ramenèrent brusquement au présent.

"Julia!" Elle cracha.

Son ancienne colocataire rit de joie et courut vers les vagues, jetant de côté le récipient en plastique qu'elle avait utilisé pour arroser Andrea. "Allez," dit-elle par-dessus son épaule. « Arrête de t'asseoir à l'ombre et sors d'ici. Elle a fait une pirouette jusqu'aux chevilles dans les vagues.

Andrea a plongé après elle et pendant quelques minutes folles, ils se sont poursuivis d'avant en arrière, pataugeant à travers les rouleaux de l'Atlantique peignant le sable blanc. Ils ont pataugé plus loin et ont nagé ensemble. Puis, se tenant par la main, ils remontèrent la plage en courant et tombèrent sur les couvertures étendues à l'ombre tachetée de ce vieil arbre couvert de mousse.

« Oh , c'était amusant. » Julia s'étira hors de la couverture de plage aux couleurs vives et se tortilla en fermant les yeux.

" Oui c'était," répondit Andrea. Elle attendit que l'autre femme soit confortablement installée. Elle fouilla dans la glacière ouverte, sortit une bouteille d'eau de la glace et la versa sur son amie. "C'était encore plus amusant," lança-t-elle par-dessus son épaule alors qu'elle se remettait sur ses pieds et commençait à courir sur la plage. Son pied a glissé après pas plus de quinze pas et l'ancienne pom-pom girl l'a fait tomber avec un tacle volant. Les deux femmes se roulèrent ensemble dans le sable, luttant jusqu'à ce qu'elles finissent par s'effondrer de rire.

"Vous SROQUEZ !" Julia était capable de haleter.

« Je n'ai pas pu m'en empêcher. Trêve ?

"Regarde nous!" La femme aux cheveux noirs gémit en s'asseyant, contemplant le sable qui s'accrochait à eux de leurs cheveux jusqu'à leurs orteils.

« Allons rincer et plus de drôles d'affaires.

"Promettre?"

"Promettre."

Ils éclaboussent à nouveau dans la mer, pataugeant jusqu'à ce qu'ils puissent plonger dans l'eau. Retournant à leurs couvertures, ils se rassirent. Cette fois, l'eau tirée de la glacière était bue, les deux femmes touchant des bouteilles pour sceller leur trêve.

"Mon Dieu, il y a combien de temps que tu m'as fait ça la première fois ?" demanda Julia.

"Quoi, versé de l'eau sur toi ?"

"En quelque sorte. Je pensais au matin dans cet hôtel quand tu as ouvert la douche sur moi, et c'était de l'eau froide."

"Oh mon Dieu," sourit Andrea. "J'avais à peu près oublié ça. C'était le week-end où tu as rencontré George pour la première fois."

"Je l'ai aimé dès le début, mais je n'avais jamais pensé à l'époque que je l'épouserais. Même après cette première nuit ensemble." Julia s'assit et enroula ses bras autour de ses genoux. "Tu sais, pendant longtemps après ça, j'ai en quelque sorte regretté cette nuit-là."

"Pourquoi ?"

"Eh bien, pas que j'ai rencontré George. C'est juste, eh bien, vous savez, nous étions assez sauvages à l'époque. Quand George et moi avons commencé à sortir ensemble sérieusement, je me demandais s'il pensait que j'étais une sorte de salope pour ce que nous faisions. toute première nuit."

Andrea renifla. « Taureau. Nous étions sauvages mais pas plus que n'importe quelle paire de gars à l'époque. Mais je sais, » elle regarda la mer, « Les gars qui dormaient autant que nous étaient des étalons. Les filles ne l'étaient pas. Et J'ai oublié qui nous traitait de salopes. Je pense que c'était juste de la jalousie.

"George m'a dit la même chose. Il m'a rappelé que son stock parmi les garçons à l'école avait énormément augmenté après que le mot de cette nuit soit revenu sur le campus. Il m'a aussi dit," Julia s'arrêta un instant avec un regard mélancolique et heureux. sur son visage. "Il m'a dit qu'il n'avait jamais pensé à moi que comme merveilleux, et qu'il m'avait aimé depuis cette première nuit."

"Nous avons vraiment fait de la chance dans une paire de gagnants."

" Oui , nous l'avons fait."

"Toujours quelques canons, même avec un peu de kilométrage. Bien sûr que nous aussi."

Julia s'appuya sur ses mains, étendit ses jambes et eut un sourire malicieux sur son visage. "Est-ce que je t'ai dit ce que j'ai fait à George la première partie de cet été?"

Andrea roula sur le côté, agitant sa hanche contre le sable sous la couverture. " Qu'as -tu fait, méchante coquine ?"

"Trollop, s'il te plait," répondit Julia avec un faux sérieux. "Peggy comment s'appelle-t-elle m'a appelé comme ça. Si je me souviens bien, c'était VOUS la 'coquine'."

"Peu importe les titres, qu'avez-vous fait à votre charmant mari ?"

"Nous étions assis sur le pont arrière un après-midi. Je sais que vous ne le pensez pas, mais il peut faire assez chaud au Canada un jour de juin. Nous prenions quelques verres et nous nous étirions sur les fauteuils inclinables. Nous portaient tous les deux juste des shorts et des hauts amples et pas de chaussures.

"J'ai peut-être bu plus que d'habitude, mais si c'était l' impulsion , je prévois de le faire plus souvent. J'ai décidé que j'avais assez chaud et collant pour que j'aille prendre une douche. J'ai jeté mes vêtements dans le panier, J'ai fini mon verre et je suis entré. Au cours de la première minute, j'ai eu l'idée.

"J'ai poursuivi ma réflexion puis j'ai terminé ma douche. J'ai couru dans la chambre et mis une robe d'été jaune. Juste la robe d'été, pas de sous-vêtements. J'ai préparé un autre verre pour chacun de nous et je suis retourné sur le pont avec désinvolture.

"Maintenant, vous vous souvenez de ces photos que je vous ai envoyées par e-mail que notre pont arrière est assez bien isolé. La clôture et les buissons offrent une sécurité à peu près complète. Alors, quand j'ai tendu son verre à George et que j'ai pris une gorgée du mien avant de le poser, il n'y avait personne à voir quand je me suis penché, j'ai passé ma robe d'été par-dessus ma tête et je l'ai jetée sur le pont."

"Oh myyyyy ," gloussa Andrea. "Qu'est-ce qu'il a fait ? Et quelle était votre idée que vous avez suivie sous la douche ?"

"Oh, vous avez compris ça, n'est-ce pas ? Eh bien, sa réaction a été tout ce que j'aurais pu espérer. Ses yeux lui sont presque sortis de la tête, il a laissé tomber son verre et il a immédiatement eu le plus gros hardon que j'avais vu depuis un certain temps. Vous voyez , non seulement j'étais nue sous la robe d'été, mais pendant que j'étais sous la douche , je m'étais rasé la chatte."

"Beurk !" Andrea rit profondément. "Qu'est-ce que George a fait ?"

"Eh bien, c'était moi pour commencer. Je me suis approché de lui et j'ai tiré son short le long de ses jambes. Je me suis penché avec l'intention d'obtenir une belle serrure à lèvres sur sa bite quand il a pris le relais. Il m'a attrapé par les bras et m'a jeté sur lui. Il a commencé à m'embrasser, a écarté mes jambes et était en moi avant que je puisse prendre deux respirations. Je suppose que j'étais déjà mouillé en pensant à la façon dont j'allais le surprendre.

"Dieu merci pour CELA, parce qu'il a attrapé mes hanches et les a tirées en même temps qu'il s'est enfoncé en moi. Ce seul mouvement a mis sa bite tout le chemin à l'intérieur de moi. J'étais à cheval sur la chaise longue avec mes pieds sur le pont et a juste commencé à rebondir sur lui. C'est une bonne chose que j'aie gardé un peu la forme, c'était vraiment une position ridicule mais c'était tellement bon que je me suis retrouvé au-dessus de lui à chaque fois.

"Puis il a atteint mes seins. Il ne les a pas tenus , il a juste positionné ses mains de manière à ce que mes mamelons effleurent ses paumes pendant que je montais et descendais sur lui. Cette légère traînée sur eux les a rendus durs et m'a fait essayer de se pencher en avant et de les frotter plus fort. George souriait et chaque fois que j'essayais de pousser mes seins dans sa main, il s'éloignait. J'étais sur le point de gémir de frustration, je voulais qu'il arrête de me taquiner et qu'il tienne mes seins et fasse des choses sérieuses. caresses de mes mamelons.

"J'ai continué à me pencher de plus en plus près et il a continué à retirer ses mains. Pendant tout ce temps, il a poussé plus fort et plus vite avec ses hanches. Il m'a littéralement fait rebondir dans les airs et m'a laissé retomber sur la belle bite de mon mari. Puis j'ai s'était tellement penché en avant que j'ai perdu l'équilibre et je suis tombé sur sa poitrine.

"Cela s'est avéré être très bien. Après tout, aucun de nous n'a plus de 20 ans et être aussi acrobatique que j'essayais de le faire ne dure tout simplement pas. Alors quand il m'a roulé sur le dos, il a appuyé ses mains sur les bras de la chaise longue et s'est mis à me défoncer. Rien d'extraordinaire, juste du bon sexe à l'ancienne et dur. Il baissa la tête et couvrit mon sein droit avec sa bouche. Entre sa langue roulant mon mamelon et ses hanches conduisant son arbre en moi, j'ai eu mon premier orgasme environ deux minutes après avoir été sur le dos.

"Je ne sais pas si c'était les boissons qu'il avait bues ou quoi, mais George n'a même jamais ralenti. Il a juste continué. J'ai accroché mon coude sous mes genoux et j'ai roulé en arrière, lui permettant d'obtenir ce dernier petit peu de À ce moment-là, je pouvais sentir ses couilles claquer contre mes fesses. Il devait aussi en avoir, car la première fois que cela s'est produit , il a gémi et a augmenté la vitesse d'un autre cran.

"Je reconstruis et cette fois je sais qu'il l'est aussi. Je peux le sentir grandir en moi et il commence à haleter, ce qui est bien parce que j'essaie de ne pas crier. Après tout, nous avons des voisins et nous ÉTIONS à l'extérieur. Ensuite, je me fichais s'ils regardaient tous à travers les haies et enregistraient le tout parce que George venait en moi et mes pieds s'agitaient dans les airs pendant que j'essayais de pousser vers lui et d'obtenir ce dernier petit morceau de lui en moi. En même temps, un petit coin de mon esprit se demande comment j'ai pu me retrouver dans une position aussi ridicule.

"George s'est effondré sur moi et nous avons essayé de reprendre notre souffle. Lorsque nos cœurs ont finalement ralenti , je pense que nous avons tous les deux réalisé en même temps que les fauteuils inclinables en aluminium et en vinyle n'étaient pas conçus pour les couples dans la cinquantaine. Nous avons donc ajourné jusqu'au maison, ont pris une douche ensemble et sont allés se coucher."

"Mais pas pour dormir," devina Andrea.

"Finalement," acquiesça Julia. Puis elle fixa son amie d'un regard pénétrant. "D'accord, et toi maintenant ? Quelle est la chose la plus sexy que tu aies faite avec ton mari dernièrement ?"

"Je ne sais pas si cela pourrait être qualifié de 'récemment'," répondit Andrea pensivement. "C'était il y a quelques années. Mais ça nous a sortis d'une ornière."

Andréa s'allongea. "Parlez," ordonna-t-elle.

"Quand Martin a eu cinquante ans, eh bien, je ne dirai pas que les choses se dégradaient, mais nous avions définitivement perdu l'éclat. Ce n'était pas lui, même s'il n'avait guère hâte de tourner le grand Five-Oh. Ce n'était pas moi, j'espère en tout cas, j'essayais de le soutenir sans lui rappeler, trop en tout cas, que j'avais déjà traversé cette crise particulière et survécu.

"Il avait pris sa retraite de l'armée et cherchait un nouvel emploi, mais pas si énergiquement parce que nous avions déjà commencé à construire la maison que nous avions toujours voulue sur le terrain qui m'était venu de ma famille. Il était donc plutôt me morfondre et j'ai décidé de le réparer."

Andréa éclata de rire. " Bien sûr, au moment où j'ai enfin tout mis en place, il avait trouvé un emploi au département du shérif local. Je le taquine en lui disant qu'il ne supporte pas d'être sans uniforme et sans arme. Cela a néanmoins ajouté un moment très intéressant à ce qui s'est passé . s'est avéré être l'après-midi le plus excitant que nous ayons passé depuis longtemps."

"J'étais allé en ville et je me suis fait prendre en photo. Pas nue, je pense qu'à notre âge, on a l'air un peu mieux avec des vêtements sur place plutôt que de tout enlever. Alors je portais un body en dentelle rouge serré. Le photographe était vraiment serviable et très bien élevé aussi. Il a pris différentes poses et m'a fait retirer mes lunettes. Nous avons finalement décidé que je regardais la caméra pendant que je m'allongeais sur le côté, la tête appuyée sur une main.

Andrea a démontré la pose et Julia a signalé son approbation en sifflant.

" J'ai donc fait imprimer quelques exemplaires au format 8 sur 10 et en encadrer un. Le jour de son anniversaire, j'ai attendu jusqu'à ce que je juge qu'il partirait dans environ une demi-heure. Ensuite, j'ai accroché la photo à hauteur des yeux sur la porte arrière menant à du garage. Une fois que j'ai eu cela fait , je suis retourné dans la chambre et je me suis changé avec le même nounours. Je me suis maquillé, me suis brossé les cheveux et j'ai attendu. Quand je l'ai entendu s'arrêter et que la porte de la voiture claquait , je suis monté dans la même pose que sur la photo et allongé là à regarder la porte de la chambre."

Andrea étouffa un rire. "Oh Julia. Tout ce que j'ai entendu, c'était "Sainte Mère de Dieu" dans le garage, puis la porte s'est ouverte et s'est refermée en claquant et des pas se sont précipités dans le couloir jusqu'à notre chambre. Martin a franchi la porte et est resté là à me regarder. J'ai baissé les yeux et le renflement de son pantalon d'uniforme était aussi grand que tout ce que j'ai jamais vu.

"Puis il enlevait sa chemise et dansait de haut en bas en essayant d'enlever ses chaussures. Le moment à couper le souffle a été quand il a laissé tomber sa ceinture d'équipement et j'ai eu une vision soudaine de son arme de poing se déchargeant. Maintenant, ça aurait été une humeur tueur.

"Mais ça n'a pas marché, merci beaucoup Seigneur. Il a fini de jeter tous ses vêtements aux vents et a sauté sur moi, me roulant sur le dos et me couvrant de baisers. Ses mains étaient si sauvages que je pensais qu'il était J'allais m'arracher cette peluche. Je m'en fichais s'il le faisait. Je voulais juste qu'il me prenne. Je le voulais en moi, tout de suite, sans plus de préliminaires que ces baisers sauvages.

"Le nounours avait une fermeture à pression entre mes jambes. Dieu merci, c'était le cas. Parce que même alors que j'essayais de mettre ma main là-bas pour le défaire, la bite de Martin poussait déjà, exigeant l'entrée. J'ai pensé un instant, si la pensée avait rien à voir avec quoi que ce soit à ce moment-là, que si je ne faisais pas quelque chose de rapide , j'allais avoir des morceaux de dentelle rouge enterrés jusqu'à l'intérieur de moi et je devrais probablement aller aux urgences pour les faire enlever.

"J'ai réussi à défaire le claquement et le matériau s'est retiré juste au moment où Martin s'est retiré et a poussé. Et quand cette poussée s'est terminée, sa bite était complètement à l'intérieur de moi. Je pouvais sentir la tête claquer contre mon point faible et ses couilles claquer contre mon cul. J'ai enroulé mes jambes autour de lui et me suis accrochée à ma vie. C'était tout ce que je pouvais faire. Martin, mon mari toujours gentil et doux, était un animal qui prenait juste sa chienne. Et je ratissais son dos avec mon clous et l'exhortant.

"Cela n'a pas pris longtemps. Nous étions tous les deux incroyablement excités. Je me débattais et criais et tout mon cul était en l'air alors qu'il m'avait presque plié en deux , je pouvais le sentir gonfler en moi, il m'a rempli si étroitement que nous pouvions bougeaient à peine l'un contre l'autre, puis il beuglait pour accompagner mes cris et m'inondait jusqu'au plus profond de mon ventre.

"Au moment où il s'est effondré contre moi, je l'ai lâché et j'ai réussi à le faire rouler . Nous n'avions pas fini, j'étais déterminé. Je me suis tortillé sur lui, j'ai glissé et je l'ai pris immédiatement dans ma bouche.

"J'ai toujours aimé faire des fellations à Martin. Bien sûr, il adore me sucer aussi. Et l'homme peut manger la chatte comme jamais demain. Je l'ai juste englouti et j'ai commencé à sucer.

"Je n'ai jamais eu de problème avec le fait qu'il vienne dans ma bouche. J'ai toujours été un avaleur, pas un cracheur. Et je l'ai déjà sucé après qu'il soit venu en moi auparavant. Mais cette fois, tout semblait différent, avait un goût différent. Peut-être que c'était parce que je n'avais pas l'intention de lui donner du plaisir comme je le fais habituellement. Il n'y avait pas de léchage taquin de sa fente, pas de langue dansant sur ses couilles. J'ai juste sucé. Je le voulais à nouveau fort. Je voulais qu'il palpite pour que je puisse l'avoir à nouveau en moi.

"ÇA n'a pas pris longtemps non plus. Au moment où il était assez raide, j'ai rebondi et j'ai atterri directement sur sa bite. Dieu, et si j'avais mal jugé? ÇA aurait mis fin à la journée. Mais je ne l'ai pas fait et il était de retour à l'intérieur moi et je le chevauchais, mon dos déjà arqué et mes mains sur mes hanches alors que je rebondissais sur lui. Il prit mes seins dans ses mains et les serra, si fort que ça aurait pu me faire mal si ça ne s'était pas senti si bien.

"Étrangement cependant, alors que nous continuions, j'ai commencé à ralentir. Au lieu de me claquer de haut en bas sur Martin, je me suis relâché tout le long et j'ai commencé à rouler mes hanches et à le sentir en moi. Martin a cessé de serrer mes seins et a commencé pour taquiner et jouer avec les mamelons. Nous ne baisions plus. Nous faisions à nouveau l'amour et c'était merveilleux. J'ai utilisé mes muscles internes pour le serrer et il a glissé un doigt entre nous pour masser doucement mon clitoris et finalement nous sommes tous les deux venus ensemble, doucement, profitant des vagues et partant avec elles.

Andréa se tut. Julia s'était un peu tortillée, tout comme Andrea l'avait fait lorsque sa colocataire avait raconté ses ébats amoureux avec George.

"Avez-vous toujours ce nounours?" finit par demander Julia.

"Eh bien, ce qu'il en reste de toute façon. Il y a eu quelques remplacements au cours des deux dernières années."

"George aime aussi les sous-vêtements sexy sur moi. Où les as-tu eu au fait ? Chez Vicky ?"

"Bien sûr," rit Andrea. "Le refuge pour la femme qui veut quelque chose de doux, de moulant et de transparent près de sa peau. Et bien sûr quelque chose pour rendre son homme un peu dingue."

"Ça a été bien pour vous deux , n'est-ce pas ?"

Andréa sourit. "Comme ça l'a été pour toi et George aussi. Qui l'aurait pensé ? Ces deux jeunes filles sauvages que nous étions il y a si longtemps, qu'elles finiraient comme des femmes mariées, des mères et des grands-mères respectables depuis longtemps ?"

"Nous étions quelque chose de bien à l'époque," reconnut la femme aux cheveux noirs avec un sourire.

Andrea regarda à nouveau Julia et leurs regards se rencontrèrent. Côte à côte, les deux amis se regardèrent comme s'ils se rencontraient pour la première fois. Pendant un long moment, le temps sembla s'inverser. Les jambes et les fesses sont redevenues fermes et minces. Les rappels subtils de procréation ont disparu. Les seins ont vaincu la gravité. Elles n'étaient plus des épouses, des mères, des grands-mères. Pendant ce long moment, deux filles de vingt ans se regardèrent à nouveau, se souvenant de l'époque, de la passion et même de l'amour qu'elles avaient partagés il y a si longtemps.

Les doigts se tendirent et se serrèrent.

« Tu te souviens de la nuit dernière avant la remise des diplômes ?

« Comme si je pouvais jamais oublier. Nous sommes sortis et avons dîné avec nos parents. !"

Andréa sourit. "Eh bien, après tout, c'est comme ça que nous avons commencé. Je pensais que ça ferait une belle fin."

Les filles avaient toutes les deux des expressions lointaines sur leurs visages. "C'était certainement ça", songea Julia.

(1987)

Julia poussa la porte du dortoir et regarda autour d'elle. Elle soupira pour elle-même. À peu près tout ce qu'ils possédaient tous les deux était emballé dans des boîtes et des sacs, prêt à être chargé dans des voitures et des remorques le lendemain matin. L'obtention du diplôme était sur eux. Le collège était fini. Elle soupira à nouveau, cette fois à haute voix.

Deux bras se glissèrent autour de sa taille et l'attirèrent contre un corps plus grand. « Je sais, Julia. Je ressens la même chose.

Julia couvrit les mains d'Andrea avec les siennes. " Ce ne sera pas pareil sans toi. Je sais que nous ne nous séparons pas pour toujours, mais l'idée de ne pas te voir tous les jours est pour le moins inconfortable. Encore moins, " la jeune fille aux cheveux noirs sourit et la secoua fermement. petit cul contre sa colocataire, "Encore moins de ne pas t'avoir dans notre lit."

"Je sais," Andrea frotta son nez contre le cou de son ami et amant. "Mais nous ne disons pas au revoir pour toujours." Elle hésita. "Et nous avons convenu que même si nous tenons l'un à l'autre , ce n'est pas "l'amour éternel" qu'un jour nous espérons tous les deux trouver.

"Toujours." Le seul mot transportait beaucoup d'émotion mitigée.

"Je sais." Les deux filles sont restées proches l'une de l'autre . Puis Andrea gloussa alors que Julia frottait ses fesses contre elle.

"Allez," murmura la grande fille. "J'ai une idée."

"Est-ce que cela va nous attirer autant d'ennuis que vos idées le font habituellement ?"

"Je l'espère."

Andrea attrapa ses clés de voiture et Julia suivit son amie hors de la pièce, dans le couloir et dans le parking. Ils montèrent dans la Dodge cabossée et surchargée d'Andrea. Le duo resta silencieux alors qu'Andrea quittait le campus, puis remontait une route sinueuse jusqu'à un espace plat et ouvert presque désert surplombant l'école, où ils s'installèrent tranquillement dans un endroit familier.

"Oh mon." Julia gloussa follement. "Je n'aurais jamais pensé à ça. Mais c'est parfait. Juste là où nous avons commencé cette fraîche nuit d'octobre il y a deux ans et demi.

"Exactement."

Andrea se pencha et embrassa Julia. Elle sourit et glissa son bras autour de sa colocataire et la serra contre elle. Julia s'appuya contre son amie. Des rires étouffés éclatèrent alors qu'ils croisaient leurs jambes l'une sur l'autre jusqu'à ce qu'ils soient enroulés l'un contre l'autre. Les bras croisés et les deux filles se cramponnaient l'une à l'autre en s'embrassant.

Andrea est venue prendre l'air. Elle écarta les cheveux noirs du visage de Julia et embrassa son front, puis ses deux yeux, puis son nez et ses joues.

"C'est là que je t'ai embrassé pour la première fois. Ou tu m'as embrassé. Je ne suis pas sûr de pouvoir le dire."

"Moi non plus," répondit la Canadienne. "Mais tu étais certainement le premier à commencer à me toucher. Quand tu as mis ta main à l'intérieur de ma chemise, je ne pouvais plus respirer."

"Toi ? J'étais tellement effrayée et tellement excitée. Julia, quand mes doigts ont frôlé ton sein, la première fois que j'ai touché le sein d'une autre fille, j'ai cru que mon cœur allait s'arrêter."

"Je suis très content que ce ne soit pas le cas. J'aurais eu du mal à expliquer CELA."

"Toi," Andrea roula des yeux. « Ouais, ça aurait été si dur pour toi. Juste pour cette raison, je suis content que tu n'aies pas eu à le faire.

"Oh, peut-être qu'il y avait une autre raison ou deux." Julia regarda dans les yeux de sa colocataire. Il y eut une réponse étouffée d'Andrea. Une réponse car Julia avait glissé sa main dans le chemisier d'Andrea et comme d'habitude la brune ne portait pas de soutien-gorge. Et étouffée parce que Julia avait fermé sa bouche sur celle d'Andrea, étouffant tout commentaire que la fille plus grande aurait pu essayer de faire.

Pas qu'Andrea essayait de faire un commentaire verbal. Elle embrassa sa colocataire en retour et lui rendit la pareille, glissant sa main sous le t-shirt ample de Julia jusqu'à ce qu'elle aussi trouve un sein doux et nu avec un mamelon dur.

Les deux filles gémissaient doucement alors qu'elles s'embrassaient et se caressaient. Ni l'un ni l'autre n'éprouvaient le désir d'aller plus loin. Le lien tacite qui reliait le duo permettait à chacun de savoir ce que l'autre ressentait. Ce n'était pas le moment de faire l'amour passionnément, c'était le moment de retrouver juste pour un instant le frisson de cette première nuit et la découverte de l'autre. Finalement, leurs lèvres se séparèrent et leurs mains se retirèrent pour que les deux filles puissent se tenir étroitement et savourer la chaleur entre elles.

Sans un mot, ils regardèrent les étoiles puis les uns les autres. Ils se blottirent, Andrea sortant une couverture du siège arrière. Une couverture qui produisit de doux rires des deux filles. Ils avaient fait l'amour sur cette couverture bien plus qu'une ou deux fois. Mais ce soir -là, cela les couvrait et les maintenait ensemble alors qu'ils s'éloignaient dans les bras l'un de l'autre, retournant là où ils avaient commencé. Ce n'est qu'à l'aube qu'ils se sont réveillés, se sont libérés et sont retournés sur le campus et le début du reste de leur vie.

(Le présent)

Julia et Andrea étaient assises l'une près de l'autre, les bras l'un autour de l'autre.

"C'était une nuit merveilleuse."

"Ils ont tous été merveilleux avec toi."

"Les journées n'étaient pas mauvaises non plus."

Le calme qui suivit fut interrompu par une foule apparue sur la plage. Deux hommes plus âgés gardaient un groupe d'enfants tandis que d'autres adultes plus jeunes suivaient. Deux jeunes enfants ont filé devant le groupe vers les deux femmes.

"Grammie, Grammie", a crié une petite fille alors qu'elle sautait dans les bras tendus d'Andrea. "Nous avons vu les chevaux sauvages."

"Et il y avait des dauphins dans l'eau", a déclaré un autre petit gamin alors que Julia s'agenouillait pour écouter face à face l'un de ses petits-enfants.

Le reste du clan mélangé a rejoint la première paire. Des câlins ont été échangés tout autour et des voix excitées ont toutes parlé en même temps pour parler à Andrea et Julia de la randonnée que les deux familles avaient faite autour de l'île côtière cet après-midi-là. Andrea et Julia ont rassemblé leurs couvertures et leur équipement de plage et toute la foule a remonté la plage jusqu'à la promenade qui menait à leur camping. Julia et George entrelacèrent leurs doigts. La femme aux cheveux noirs avec des touches de gris sourit en sentant la chaleur de la main de son mari et elle leva les yeux vers lui et lui envoya un baiser.

"Est-ce qu'ils t'ont épuisé ?"

"Je pense que nous nous sommes tous épuisés. Maintenant, les enfants," George hocha la tête vers leurs enfants adultes, "Laissez Martin et moi devenir fous avec les petits. Mais ils devaient se joindre à nous et je parie que tout le monde dort profondément ce soir."

Martin, son bras enroulé autour d'Andrea, qui était blotti contre lui, acquiesça. "Mais c'était amusant et j'espère que vous deux avez passé un après-midi agréable tous seuls."

"Ça l'était," dit Andrea en se tenant sur la pointe des pieds et en embrassant son mari. "Nous sommes à peu près tous discutés."

« Vous deux ? Vous en avez parlé ? J'en doute.

" Oh taisez-vous." Julia a cogné George avec sa hanche. Le quatuor a ri et a suivi le reste de la foule hors de la plage.

Bien plus tard dans la nuit, après que le feu de camp se soit éteint et que tout le monde se soit endormi dans leurs tentes, deux personnages se sont enfuis du camping. Silencieusement, ils se laissèrent glisser le long de la passerelle en bois menant à la plage. Des rires étouffés s'ensuivirent ainsi que de légères éclaboussures dans l'eau. Deux silhouettes dégoulinantes s'enveloppèrent dans des serviettes et drapèrent une couverture familière sur elles-mêmes alors qu'elles étaient assises sur les marches brisées.

"C'était amusant." murmura Andréa.

"Oh mon Dieu, et si quelqu'un était venu à cette heure ?" Julia étouffa un rire. "Aussi embarrassant que cela aurait été il y a trente ans, pour quelqu'un de surprendre deux grand-mères en train de se baigner MAINTENANT..."

"Ils ne l'ont pas fait." Les deux femmes s'étreignirent et s'embrassèrent sur la joue. Andréa se leva. "Je ne sais pas pour vous mais je commence à avoir froid. Il est temps de se blottir contre mon mari."

Julia hocha la tête et se leva pour suivre son amie. Le clair de lune éclaboussait le couple et la plage qu'ils quittaient. L'ex-pom-pom girl se tourna pour jeter un dernier coup d'œil et sourit.

"Eh bien, nous devons être sur la plage une fois de plus," dit-elle doucement. Puis elle suivit sa colocataire dans les escaliers et retourna dans leurs familles.

L'AVENIR ?

"Oh mon Dieu, ça fait du bien," Andrea Martin s'installa sur le canapé qui reposait contre un mur du salon de la suite de la retraite. Calant sa canne entre ses jambes, elle croisa ses mains sur le dessus et appuya son menton.

"Pooped?" demanda Julia Carraux à sa colocataire de temps en temps depuis son fauteuil. Gardant un œil rivé sur l'holovision, elle jeta un coup d'œil myope à l'autre femme âgée. « Que s'est-il passé ? Tu essaies de faire revenir quelqu'un après le déjeuner ?

« Non et qu'est-ce qui t'est arrivé ? Tu n'y es même pas allé.

"Je n'avais pas faim."

"La faim n'a rien à voir avec ça Julia. Tu dois manger."

"Je suis au régime", a déclaré la pom-pom girl d'autrefois avec un visage complètement impassible."

L'autre femme renifla. "Comme SI. Tu n'as jamais eu de régime dans ta vie et j'ai toujours été jalouse de toi. Bien sûr, je peux me consoler car tu es une vieille dame."

« Vieille dame ? Si je me souviens bien, et je sais que j'ai raison à ce sujet, tu as six mois de plus que moi. Tu avais 92 ans alors que je n'en avais encore que 91 !

Les deux femmes se regardèrent un instant avant de se mettre toutes les deux à rire.

"Sérieusement Julia chérie, tu as besoin de manger ne serait-ce que parce que la plupart des médicaments que nous avons doivent être pris avec de la nourriture."

Julia gémit. Prenant son stylo de contrôle de la lumière, elle dirigea le faisceau à travers la porte ouverte de leur salle de bain. En réponse, l'armoire à pharmacie s'ouvrit et les étagères pivotèrent automatiquement.

« Des médicaments ? Nous avons une pharmacie entière là-dedans. Les dealers de cannabis du campus n'en avaient pas tant que ça à l'époque. La paire a ri.

« Qu'avons-nous reçu comme courrier ? » Andrea s'est renseignée en repérant la pile d'imprimés d'ordinateur sur leur table.

"Une lettre de votre petit-fils en Europe. Une de ma petite-fille sur la côte. Un tas de bric-à-brac. Deux lettres de mendicité de l' association des anciens. Une pour vous et une pour moi", a répondu Julia.

"Je serais plus enclin à donner s'ils n'avaient pas démoli notre ancien dortoir il y a des années," grommela Andrea.

"Eh bien, il devenait terriblement vieux et branlant. Vous vous souvenez quand nous y sommes allés pour notre réunion de réunion de la 50e classe? Il était à peine debout à ce moment-là."

"Je suppose. Pourtant," la voix d'Andrea était nostalgique maintenant. J'aurais aimé qu'ils aient pu sauver notre ancienne chambre. Je sais", a-t-elle dit en riant. "Cela n'aurait pas pu être fait, mais cela aurait été merveilleux de le faire transporter quelque part où nous aurions pu le partager à nouveau."

"Je sais." Julia s'est relevée à l'aide de son déambulateur. Prudemment, elle se dirigea vers Andrea et s'assit à côté d' elle. L'autre femme remarqua que son amie tenait une grande enveloppe brune dans une main.

"Qu'est-ce que c'est?"

"Je ne sais pas", a admis Julia. "Je pensais qu'il était arrivé par courrier ordinaire, mais il n'y a pas d'adresse de retour ni de timbres dessus. Et qui utilise encore le courrier ordinaire ? C'est tout un service électronique ou de messagerie. Il est juste écrit 'Andrea Martin et Julia Carraux.'"

"Étrange. Nous n'avons pas été "Carraux" et "Martin" depuis soixante-dix ans."

« Je sais. Et pas d'adresse non plus, juste nos noms. Qu'est-ce que tu supposes que c'est ?

"Eh bien, ouvrez-le et voyez", a conseillé Andrea.

Julia haussa les épaules et déplia le fermoir en métal. "Ce n'est même pas scellé", a-t-elle commenté. Une fois ouvert, elle renversa l'autre extrémité. Les deux femmes sursautèrent de surprise lorsque Julia brandit un petit cercle décoré avec des plumes qui y pendaient.

"C'est attrape-rêves."

"C'est plus que ça. C'est NOTRE capteur de rêves."

« Celui qui était accroché dans notre chambre ? Andréa s'émerveillait. "Je pensais que tu l'avais."

"Je pensais que TU l'avais fait !" Julia a gratté ses cheveux blancs comme neige. "Je suis allée le retirer le jour où nous avons fait nos bagages," elle regarda de côté et sourit. "Avant d'aller nous garer une fois de plus. Et je ne pouvais pas le trouver. J'ai toujours pensé que tu l'avais mis avec tes affaires."

(Soixante-dix ans auparavant)

Julia se redressa, posa ses mains sur ses hanches et cambra son dos. "Mon Dieu, emballer est un travail difficile."

"C'est parce que nous n'avons rien fait de tout cela depuis que nous t'avons installé ici il y a deux ans et demi." Andrea sourit à sa colocataire.

Julia remarqua que le sourire semblait un peu forcé. Elle traversa sa meilleure amie et parfois amant et la serra dans ses bras. "Je sais," dit-elle doucement en caressant la joue de la plus grande fille. "Je n'arrive pas à croire que ce soit fini."

« Mais c'était amusant, n'est-ce pas ? Andrea a levé la tête, ses yeux baignant légèrement de larmes retenues."

"Ça vaut le coup? Ça en valait plus que la peine. Le plaisir que nous avons eu, les aventures que nous avons vécues, les amis que nous nous sommes fait." Julia gloussa. "Le sexe." Elle regarda profondément dans les yeux de sa colocataire. "L'amour."

Andrea a embrassé sa meilleure amie et a secoué le moment de tristesse. "Tu as sacrément raison. Tout a été merveilleux. Je suppose que je rêve juste que nous pourrions tout refaire."

« Bon sang ! » La paire de presque diplômés s'étreignit férocement. Ni l'un ni l'autre n'ont vu l'attrape-rêves que Julia avait accroché il y a des années à l'une des fenêtres sembler clignoter un instant.

LE PRESENT

Julia se releva péniblement. "Eh bien, maintenant que nous l'avons récupéré, je vais le raccrocher à nouveau." Elle traversa la pièce, s'arrêtant devant une ancienne affiche fanée qui annonçait la prochaine production universitaire de "Once Upon a Mattress". Elle a emprunté un peu du clou qui maintenait l'affiche au mur. Travaillant prudemment jusqu'à la fenêtre, elle appuya la punaise sur le tissu transparent et y fixa l'attrape-rêves.

"Là!" s'exclama-t-elle triomphalement. "Maintenant, il peut à nouveau rattraper les rêves."

Andrea fixa l'ornement alors que Julia reprenait sa place.

"Penses-tu que nous avons encore des rêves ?" Quand Julia la regarda avec surprise, elle continua. "Nos vies sont derrière nous maintenant. Les enfants sont dispersés aux quatre coins du monde. George et Martin sont partis. Et ce n'est pas la seule perte." Des larmes coulaient sur son visage ridé.

"Je sais." Julia enroula ses bras autour d'Andrea et la tint. "Parents, maris," elle prit la main d'Andrea et la serra fermement. "Un enfant. Mais reviendrais-tu et changerais-tu ça ? Même si tu connaissais le résultat ? Reviendrais-tu et ne ferais-tu pas l'amour avec Martin la nuit où tu l'as conçue, sachant que tu la perdrais quand elle était adolescente ?"

Andrea hoqueta et secoua la tête. "Bien sûr que non. La joie l'emportait toujours sur le chagrin. Je ne pouvais pas, pas plus que nous ne pouvions éviter de tomber amoureuse de nos maris même s'ils partaient avant nous, même si nous savions que cela allait arriver."

"Et hé, tu M'as encore. Colocataires ensemble, colocataires pour toujours."

"Parfois, je suis une vieille femme stupide", a avoué Andrea. "Cela en valait la peine. Vous ne pouvez pas avoir de fleurs sans la pluie. Il y a encore des rêves, Julia. De beaux rêves d'antan. Et je recommencerais, même en sachant tout. ?"

"Bien sûr que je le referais." déclara Julia. "Chaque partie de ça."

L'attrape-rêves a attiré les yeux des femmes âgées alors qu'il brillait soudainement d'une lumière brillante. Un vortex tourbillonnant s'est ouvert sur le mur en dessous. En quelques secondes, il est passé d'un point minuscule à une ouverture qui remplissait presque tout le mur. Les deux femmes étaient attirées. Ils clopinèrent et regardèrent.

"C'est, c'est ton dortoir universitaire Julia!" s'exclama Andréa.

"Ce n'est pas possible. Ce doit être une illusion."

"Oui, bien sûr, ça doit être ça." Andrea s'arrêta une seconde. "Je m'en fiche. Je vais voir, eh bien, quoi que ce soit."

Julia entrelaça ses doigts noueux avec ceux de son amie. "Pas sans moi tu ne l'es pas." elle a déclaré. Ils entrèrent dans l'ouverture tournante. Un déambulateur et une canne sont tombés au sol. Puis le duo est parti et avec un "Whoosh" le vortex a disparu.

Le monde semblait nager devant les deux femmes lorsqu'elles franchirent l'étrange ouverture. Il y eut une sensation déchirante qui secoua leurs deux corps. Tous deux clignèrent des yeux. Pendant un instant, tout parut étrange.

Puis Andrea sourit à la fille assise au bureau. "Hé, es-tu aussi occupé que moi ?"

Julia leva les yeux et sourit à la tête brune ébouriffée pointée dans sa porte. "Si tu me demandes si j'ai un rendez-vous ce soir, alors la réponse est 'Non'. C'est juste moi et mes livres de maths. Et toi ?"

Andrea secoua tristement la tête en entrant dans la chambre et se laissa tomber sur le lit appartenant à la colocataire de Julia. L'athlète de dix-neuf ans posa sa tête sur une main et étudia la fille aux cheveux noirs assise au bureau, sa chaise inclinée vers l'arrière et ses pieds croisés sur le dessus. Ils restèrent dans un silence amical avant que la brune ne rompe le silence.

Andrea se redressa et regarda son amie. "Oh, tant pis Julia. Pose tes livres et allons-y."

"Aller où?" Demanda Julia, alors même qu'elle fermait ses livres, se leva et s'étira.

"Donc, nous n'avons pas de rendez-vous et nous n'avons pas envie d'une grande fête bruyante. Prenons ma voiture, prenons une bouteille de vin et allons nous garer sur la crête. Nous pouvons écouter les bruits de l'accouplement et des commérages sur tous ceux que nous voyons là-haut."

Julia rit joyeusement. "Tu es allumé."

Andréa hésita un instant. Julia la regarda et rencontra l'expression perplexe de son amie.

"Qu'est-ce que c'est ?"

"Je ne sais pas. Je me suis senti bizarre pendant un moment. Comme si..."

« Comme si nous l'avions déjà fait ? a complété la fille canadienne plus courte. "Moi aussi."

"Mais nous ne l'avons pas fait. N'est-ce pas ?"

"Non."

Un sourire fendit le visage de la jeune fille du Sud. "Alors allons le faire pour la première fois maintenant."

ÉPILOGUE

La directrice de la maison de retraite s'est littéralement tordue les mains en parlant aux deux détectives de police alors qu'ils se tenaient juste devant la porte de la suite inoccupée.

"Je ne peux tout simplement pas comprendre où ils auraient pu aller. Les portes extérieures du bâtiment ont des serrures magnétiques qui ne peuvent être ouvertes qu'avec une carte d'accès. La seule exception est qu'en cas d'incendie ou de catastrophe, les serrures sont désactivées en appuyant sur l'un des ces interrupteurs d'urgence." Elle en indiqua un sur le mur du couloir.

"Et aucun de ceux-ci n'a été activé ? Demanda le plus grand détective en prenant des notes dans son carnet de notes avec le stylet électronique.

"Non. Si l'un d'entre eux avait été pressé, son emplacement aurait été enregistré auprès du système informatique central et une alarme aurait retenti."

Un officier en uniforme descendit le couloir. Le deuxième détective se tourna vers lui.

« Avez-vous examiné les caméras de sécurité ?

"Je l'ai fait. Rien. Ils montrent que les deux dames sont sorties à l'heure du petit-déjeuner. Un autre disque confirme que c'est là qu'elles sont allées. Ils sont retournés dans leur suite. Vers midi, Mme Norton est partie et est allée déjeuner. Une autre caméra montre qu'elle est allée à la réception, a récupéré son courrier et est revenue avant le retour de Mme Norton. Rien après ça. D'après les caméras de sécurité, elles sont toujours là.

Un autre uniforme, celui-ci un sergent, arriva en secouant la tête avec lassitude.

« Laisse-moi deviner. Rien ? dit le premier détective.

"Rien. Nous avons fouillé tout le bâtiment ET le terrain. Partout. Les chiens ne trouvent rien." Le sergent retira son chapeau et s'essuya le visage avec sa manche. "C'est comme s'ils venaient de tomber de la surface de la terre."

"Ce n'est pas possible." Déclara le deuxième détective.

"Je suppose que non," acquiesça son partenaire. Il étudia à nouveau la pièce. « Mais où auraient-ils pu aller ?

Alors qu'il se détournait, un éclair de lumière attira son attention. Il s'est retourné. Mais ce n'était qu'un rayon de soleil égaré se reflétant sur l'étrange décoration accrochée à la fenêtre. Il haussa les épaules et se répéta. « Où ONT-ILS PU aller ? »

L'attrape-rêves n'a pas répondu, mais s'il avait pu, il aurait dit que les rêves qu'on lui avait donnés lui avaient été rendus.

(C'est la fin)

(Ou est-ce le début ?)

FINIR

CPSIA information can be obtained
at www.ICGtesting.com
Printed in the USA
BVHW050917211122
652420BV00005B/94